Pasta Mista
Zwei Rezepte für die Liebe

Wie alles begann:
Pasta Mista – Fünf Zutaten für die Liebe

Susanne Fülscher

Ravioli mit Ricotta-Spargel-Füllung und Erdbeercreme

Das ist ein Traum. Bestimmt ist alles nur ein Traum!
Der Flieger, in den Mama und ich heute Morgen am Münchener Flughafen gestiegen sind. Der Flug über die schneebedeckten Gipfel der Alpen. Die holprige Landung in Genua. Die Menschen, die jetzt ihre Reisetaschen aus den Gepäckfächern zerren, weil sie nicht schnell genug aus dem Flugzeug kommen können.
Genau wie ich. Ich brenne darauf, endlich italienische Luft zu schnuppern. Die Sonne knallt vom wolkenlosen Himmel, irgendwo da draußen liegt das Meer und ich freue mich wie verrückt auf Pizza und Pasta. Und natürlich auf Angelo. Das Sahneschnittchen. Den tollsten Typen im Universum, in den ich bis über beide Ohren verschossen bin. Schlimmer: Ich brauche nur an ihn zu denken und schon ploppen rosafarbene Seifenblasen vor meinem inneren Auge auf. Ich werde dann ständig rot oder stottere Unsinn.

Meine Freundin Franzi meint, das liegt an den Hormonen, die der Körper in Überdosis ausschüttet. Da ist man eben nicht mehr ganz zurechnungsfähig. Auch Pauline, mit der ich genauso dicke befreundet bin, findet das ziemlich normal. So ist das nun mal bei Frischverliebten. Ehrlich, ich war so neben der Spur, dass Pauline schon die Augen verdreht hat. Obwohl sie eigentlich immer für Liebesstorys zu haben ist. Und meine Psychologen-Freundin Franzi wollte mich in eine Anstalt für Schwerstverknallte einweisen lassen.

„Liv, gehst du bitte weiter?“, sägt sich Mamas Stimme in mein Hirn.

Kein Traum. Das klang ziemlich echt.

Ich drehe mich um. Hinter mir steht Mama in ihrem geblümten Sommerrock, die Badetasche aus Bast geschultert. Und als ich an mir runtergucke, habe ich das coole neue T-Shirt mit dem Tomatenaufdruck an, das ich mir extra für die Ferien gekauft habe.

Also ist das Flugzeug tatsächlich vor wenigen Minuten in Genua gelandet. Und auch das Gewackel beim Landeanflug war echt. Meine Beine sind immer noch ein wenig weich, doch das kann auch daran liegen, dass ich gleich Angelo wiedersehen werde. Den Jungen, der so verdammt gut küsst, dass er dafür das goldene Kussabzeichen verdient hat.

Goldenes Kussabzeichen, ich lach mich tot, Liv.

Stimmt aber. Er küsst so weich und zärtlich, aber kein bisschen labberig.

Wir erreichen die Gangway, die Luft schlägt mir heiß entgegen und ein Windstoß wirbelt meine Haare durcheinander.

„Mama, wir sind in Italien!"

Ich kann es wirklich kaum glauben. Es ist das erste Mal, dass ich hier bin. In dem Land, wo Orangen und Zitronen, vielleicht ja sogar Spaghetti an den Bäumen wachsen.

„Wo sollen wir denn auch sonst sein?" Sie streicht sich ihre kastanienbraunen Haare glatt. „Wir sind doch heute Morgen in den Flieger nach Genua gestiegen."

„Weiß ich auch. Aber es ist trotzdem so ... unwirklich!"

Mama grinst mir zu. Ihr Rock flattert hoch, als sie die Treppe hinabsteigt, dann quetschen wir uns in den Bus, der uns zum Flughafengebäude bringt. Die Fahrt dauert bloß wenige Minuten, schon steigen wir wieder aus. Meter für Meter schieben wir uns mit den anderen Fluggästen durch das klimatisierte Flughafengebäude. Ich spüre, wie mein Mund immer trockener wird. Nicht mehr lange und ich sehe ihn wieder. Angelo! Eine ganze Armee von Schmetterlingen flattert heran und mein Magenfahrstuhl setzt sich in Bewegung. Woher ich Angelo kenne? Das ist jetzt eine echt schräge Geschichte. Mama hat ihn angeschleppt. Also, ich meine, sie hat ihn nicht direkt angeschleppt. Eher indirekt. Vor ein paar Monaten hat sie im Internet Mr Smart ... äh ... Roberto Maroncelli kennengelernt. Einen Übersetzer, der aus der Nähe von Genua kommt.

Das war vor den Sommerferien. Ehrlich gesagt fand ich diese Internet-Liebesgeschichte damals ziemlich daneben. Und ich war schon gar nicht scharf darauf, Robertos Kinder, die Zwillinge Angelo und Sonia, kennenzulernen. Aber am allerwenigsten wollte ich mich in jemanden aus der Familie Maroncelli verlieben.

Warum eigentlich nicht, Liv?

Weil ... man verliebt sich doch nicht in den Sohn des Lovers der eigenen Mutter! Wie peinlich ist das denn?

Aber das kann man sich doch nicht aussuchen. Wenn es passiert, passiert es eben.

Richtig. Deswegen laufe ich ja auch in dieser Sekunde mit Wackelbeinen durch die Gänge des Flughafens und meine Blase schlägt Alarm.

„Ich muss mal", sage ich.

Mama bleibt wie angewurzelt stehen und guckt mich an, als hätte ich ihr vorgeschlagen mit der nächsten Maschine nach München zurückzufliegen. „Jetzt?"

„Nein, morgen."

Es gibt eigenartige Wesen im Universum. Sie nennen sich Mütter. Manchmal überschütten sie ihre Kinder mit ihrer Fürsorglichkeit, dann plötzlich nehmen sie nicht mal mehr auf deren Grundbedürfnisse Rücksicht.

„Okay, Liv, ich hole unser Gepäck und dann treffen wir uns hier."

„Genau hier?", hake ich zur Sicherheit nach.

„Ja, genau hier", fügt Mama zur Sicherheit hinzu.

Ich flitze also aufs Klo, muss erst mal total lange anstehen, und als ich mir eine gefühlte Ewigkeit darauf die Hände wasche, blickt mir ein müdes Bleichgesicht mit krausen Wischmopphaaren entgegen. Augenringalarm hoch zehn.

Hilfe, so sehe ich doch sonst nicht aus!

Doch, so siehst du aus, Liv.

Ja, aber nur nach dem Aufstehen.

Sei nicht so eitel. Angelo liebt dich so, wie du bist.

Jetzt sei still!, bringe ich meine innere Plapperstimme zum Schweigen.

Hastig krame ich mein Notfalltäschchen aus dem Rucksack. Darin befinden sich neben Taschentüchern, Tampons, Bürste und Kaugummi neuerdings auch Wimperntusche, Concealer, Rouge und Lipgloss. Ein Geschenk von Pauline, die ohne Make-up nicht mal durchs Treppenhaus zum Briefkasten schleichen würde. Pauline meint, eine Lady geht nie ungeschminkt aus dem Haus. Ganz im Gegenteil zu mir. Aber bisher wollte ich auch nie eine *Lady* sein. Weil ich Liv bin, einfach nur Liv. Und Make-up für grundsätzlich überbewertet halte.

Ich bürste meine Haare kräftig durch, dann tupfe ich etwas

Concealer unter die Augen, tusche die Wimpern und verreibe zum Schluss einen Hauch Rouge auf den Wangen. Nur das Lipgloss lasse ich weg. Es könnte ja sein, dass Angelo mir ein Küsschen geben möchte und abgeschreckt ist, wenn ich wie eine Speckschwarte glänze.

Wieder raus aus dem Klo. Bestimmt wartet Mama schon ungeduldig auf mich. Doch sosehr ich mir auch den Hals verrenke, ich kann sie nirgends entdecken. Herrje, wo steckt sie bloß?

Vielleicht habe ich mich ja doch verhört und sie meinte, wir treffen uns am Gepäckband? Oder unsere Koffer waren nicht dabei und sie sucht sie überall?

Ich warte ein paar Minuten, dann schultere ich entschlossen meinen Rucksack und folge der Beschilderung zur Gepäckausgabe. Nur noch wenige Reisende stehen am Band und fischen nach den letzten Gepäckstücken. Mama? Fehlanzeige.

Ich fasse es nicht! Sie wird mich ja wohl nicht stehen gelassen haben, um ihrem Liebsten fünf Minuten früher in die Arme zu sinken! Das wäre einfach nur gemein.

Mein Handy ... Ich fische es aus meinem Rucksack und deaktiviere den Flugmodus. Einen Wimpernschlag darauf klingelt es. Mama.

„Liv, wo steckst du?", bellt sie mir ins Ohr. „Du solltest doch vor den Waschräumen stehen bleiben."

„Da war ich ja die ganze Zeit, aber du ..." Meine Stimme versiegt. Äh, ich hab mich wohl zu lange auf der Toilette zurechtgemacht. Und dann bin ich noch zur Gepäckausgabe gezuckelt. Da müssen wir uns verpasst haben.

„Liv, ich bin schon mit den Koffern draußen. Ich dachte, du wärst vielleicht vorgegangen."

„Echt jetzt?"

„Ja!" Mama lacht irgendwie albern auf, im nächsten Moment dringt eine männliche Lache an mein Ohr. Bestimmt Mr Smart.

„Hör zu, du gehst jetzt Richtung Exit. Wir warten in der Halle auf dich. Von dir aus gesehen rechts."

Ziemlich angefressen klicke ich das Gespräch weg. Mist, den großen Moment wollte ich doch mit ihr zusammen erleben! Oder sie vielmehr an meiner Seite haben, falls meine Gummibeine ganz versagen.

Ich stecke das Handy weg, dann folge ich dem Strom der Menschen. Ja, ich bin ganz schrecklich aufgeregt und bekomme jetzt zu allem Überfluss auch noch Schwitzhände.

Da, der Ausgang! Eine Glastür öffnet sich wie von Geisterhand und ich befinde mich in der Ankunftshalle. Reisende mit Rollkoffern wuseln durcheinander, Leute vom Abholservice halten Schilder hoch, ein Mann schwenkt einen Rosenstrauß, ein anderer wirbelt ein Kleinkind durch die Luft. Nur Mama und die Italiener sind nirgends zu sehen.

Tja, die sind wohl ohne dich losgefahren. Pech, Liv. In deinem Horoskop stand doch, dass dir Turbulenzen bevorstehen.

Aber das würden sie niemals tun!

Da bin ich mir nicht so sicher. Du hättest eben nicht so lange auf dem Klo herumtrödeln müssen.

„Liv!" Eine kratzige Wow-Stimme dringt an mein Ohr und im Sekundenbruchteil rauscht der Fahrstuhl in meinem Magen vom zehnten Stock ins Untergeschoss.

Ich fahre herum. Und da stehen sie dann wie hergebeamt: Angelo in Bermudashorts und weißem T-Shirt, samtig lächelnd.

Mr Smart mit Dreitagebart und gestutzten Wuschellocken.

Sonia in einem knappen Trägerkleidchen und in Ballerinas, die langen Haare zum Dutt gesteckt.

Daneben Mama mit einem Leuchten in den Augen.

„Da bist du ja endlich!"

„Wo warst du denn so lange?"

„*Ciao, Liv!*", tönen ihre Rufe durcheinander.

Mein Herz hämmert, ich lächele ein wenig befangen und gucke dabei nur einen an.

Angelo.

Er sieht fast noch besser aus als beim letzten Mal. Seine Locken sind ein Stück gewachsen, seine zum Anknabbern samtige Haut ist noch eine Spur dunkler geworden und seine Augen erinnern mich an Nugatschokolade. Erst jetzt wird mir so richtig bewusst, wie sehr ich ihn die ganze Zeit vermisst habe.

Sonia kichert. Zunächst nur leise, dann wird aus dem Gekicher schrilles Gegacker.

Angelo zischelt seiner Schwester etwas zu, das nicht gerade freundlich klingt.

„Komm schon her, Liv!" Mr Smart breitet seine Arme aus und ich lasse mich wie ein Kartoffelsack hineinfallen. Einfach, weil ich so happy bin endlich hier zu sein. Und weil die Sommerferien jetzt richtig losgehen können.

„Hallo", presse ich hervor. Bestimmt klinge ich wie kurz vorm Erstickungsanfall.

Schon gibt Mr Smart mich wieder frei, und Sonia fällt mir um den Hals, etwas auf Italienisch brabbelnd. Dabei weiß sie doch genau, dass ich kein einziges Wort verstehe.

„Äh, was hast du gesagt?", frage ich.

Sie starrt mich an und fängt schon wieder an zu giggeln. Keine Ahnung, was los ist. An der Hitze kann es ja wohl kaum liegen. Die müsste sie eigentlich gewohnt sein.

Ich gucke zu Angelo rüber, der jetzt auch irgendwie seltsam in sich hineingrinst.

„Hi", sage ich hoffnungsvoll.

„Hi, Liv", murmelt er. Und obwohl wir uns gestern Abend noch heiße Liebesnachrichten geschickt haben, tut er erst mal nichts.

Ich meine, wirklich GAR NICHTS.

Er nimmt mich nicht in den Arm.

Er gibt mir keinen Kuss.

Er streckt mir nicht mal die Hand hin.

Hoffentlich hat er sich auf dem Weg hierher nicht in eine andere schockverliebt. Das wäre echt grausam!

Nun chill mal! Natürlich hat er das nicht. Aber warum muss eigentlich er den ersten Schritt machen?

Weil wir in Italien sind und das hier so üblich ist?

Ich lach mich tot! Du traust dich nicht, Liv! Echt, du bist voll verklemmt!

„Schön dich zu sehen", krächze ich.

Wir beugen uns gleichzeitig vor und unsere Köpfe rumsen zusammen.

Angelo lacht verlegen, und ich denke, wieso können wir uns eigentlich nicht wie ein ganz normales Liebespaar begrüßen? Ohne dass wir womöglich gleich wegen Erregung öffentlichen Ärgernisses verhaftet werden?

Versuch Nummer zwei gelingt nicht wesentlich besser. Ich drücke Angelo ein Küsschen auf die Wange. Er will mich zurückküssen, aber weil ich mich gleichzeitig zur Seite drehe, landet sein Kuss ziemlich feucht auf meinem Ohr. So in etwa muss es sich anfühlen, wenn einem eine Nacktschnecke ihre Liebe gesteht. Erst beim dritten Anlauf berühren sich unsere Lippen. Ich meine, so richtig. Und ich

rieche Angelos unnachahmlichen Sommertag-am-Meer-
Geruch.

„Ich freu mich so, dass du da bist", flüstert er.

In dieser Sekunde weiß ich, dass er sich die ganze Zeit genauso nach mir gesehnt hat wie ich mich nach ihm.

„Ähm, Liv?", sagt Mama leise in meine Richtung. „Guck mal
da."

Sie deutet auf den Boden und ich möchte vor Scham am
liebsten im Erdboden versinken. Unter meinem rechten
Turnschuh klebt Klopapier – schlimmer, ich ziehe eine bestimmt fünfzehn Zentimeter lange Papierschlange hinter
mir her! Wie peinlich ist das denn?! Deswegen hat Sonia
also wie irre gegluckst und Angelo nonstop gegrinst.

Ich befreie mich rasch von dem Papier und werfe es in den
nächsten Mülleimer. Mr Smart schnappt sich Mamas Roll-
koffer, Angelo nimmt meinen und dann steuern wir den
Ausgang an.

Typisch! Liv, die Chaos-Queen.

Das Erste, was ich sehe, als wir in die flirrende Mittagshitze
treten, sind Palmen. Ganz echte Palmen mit mega-ausladen-
den Kronen. Autos hupen, ein Mann reißt die Wagentür auf und
schimpft wild gestikulierend, aber in meinen Ohren klingt es
wie eine wunderschöne Melodie. Mein Blick wandert weiter
über die Straße bis zum Jachthafen mit den wie hingetupften
weißen Booten und ich könnte schreien vor Glück.

Weil ich in Italien bin!

Bei Angelo!

Am türkisblauen Meer!

Und weil die wahrscheinlich irrsten Wochen meines Lebens vor mir liegen. Obwohl es auch eine Art Testphase für uns als deutsch-italienische Patchworkfamilie ist. Mama und Roberto wollen gucken, wie wir es miteinander aushalten. Die beiden spielen nämlich schon länger mit dem Gedanken, dass wir alle in eine größere Wohnung in München ziehen. Und dann als richtige Familie zusammenleben.

„Avanti!", ruft Roberto und steuert ein klappriges, klatschmohnrotes Auto an. Ups, es sieht echt so aus, als würde demnächst die Tür rausfallen oder die Stoßstange abbrechen.

„Passen wir da alle rein?", will ich wissen.

„Klar", sagt Angelo, während er schon unser Gepäck im Kofferraum verstaut. „Sonia ist doch nur eine halbe Portion."

Das stimmt. Sonia will mal Ballerina werden und ist megadurchtrainiert, aber auch megadünn. Trotzdem müssen wir uns ziemlich quetschen, als wir uns auf die Rückbank setzen. Sonia rechts außen. Ich links außen. Angelo in der Mitte. Kaum sitzen wir, kommen seine Finger angekrabbelt und seine Hand schiebt sich in meine.

Autsch, Elektroschock!

Aber es fühlt sich so gut an!

Auch wenn es ein bisschen peinlich ist, vor Mama, Mr Smart und Sonia Händchen zu halten.

Roberto startet den Wagen und lässt die Fenster ein Stück runter, damit die Hitze entweichen kann. Klimaanlage? Fehlanzeige. Mama sieht schon aus wie kurz vorm Kollaps.

„Wir nehmen die Autobahn", sagt Roberto und fädelt sich in den dichten, ziemlich chaotischen Verkehr ein. „Das kostet zwar ein paar Euro, aber es geht schneller."

Während der Fahrt hagelt es Fragen. Wie der Flug war. Ob wir heute Morgen nicht zu früh aufstehen mussten. Ob wir hungrig sind und vielleicht unterwegs an einem Autogrill etwas essen möchten. Oder ob wir lieber bis zum Mittagessen warten wollen.

„Bis zum Mittagessen warten", sage ich, nachdem Mama die anderen Fragen knapp beantwortet hat.

Ich würde jetzt sowieso keinen Bissen runterkriegen. Angelo wirkt manchmal wie ein Appetitzügler auf mich.

Ja, weil du nur an Küssen und Knutschen denkst, Liv!

Ganz richtig. Ist ja auch nicht verboten, oder?

Nein, aber du könntest dich ruhig mal in ganzen Sätzen am Gespräch beteiligen. Ist ja peinlich, wie du Angelo die ganze Zeit von der Seite anhimmelst.

„Was ist denn ein Autogrill?", frage ich.

Sonia gackert los. „Da gibt es gegrillte Autos zu essen."

„Sehr witzig", zischt Angelo ihr zu.

„So heißen die Raststätten an den Autobahnen", erklärt Roberto. „Der Espresso ist dort meistens richtig gut. Und man kann auch was Kleines essen."

An einer Mautstation zieht er ein Ticket, dann geht es mit hundertdreißig Sachen über die kurvige Autobahn. Ich lausche der italienischen Popmusik aus dem Radio, spüre Angelos Hand in meiner und schaue mal auf der einen, mal auf der anderen Seite aus dem Fenster.

Wow, so eine Wahnsinnslandschaft habe ich noch nie gesehen! Rechter Hand ragen in der Ferne die Ligurischen Alpen auf, davor erstrecken sich sattgrüne Hügel und üppig mit Mohnblumen betupfte Wiesen. Es gibt Abschnitte mit knorrigen Pinien und ab und zu kleben Häuser und einsame Gehöfte an den Hängen. Alle paar Kilometer fahren wir durch geduckte, halbrunde Tunnel. Wenn der Wagen wieder herausschießt, brauche ich den Kopf bloß ein Stückchen zu drehen und erhasche einen Blick aufs Meer.

Das Meer! Im diesigen Mittagslicht ist es so milchig blau, dass es am Horizont mit dem blässlichen Himmel verschwimmt. Ich kann nicht anders und muss immer wieder seufzen.

„Ist dir schlecht?", will Sonia wissen und ihr süßliches Erdbeerparfüm weht mich an.

„Nein, es ist nur so schön hier!" Ich zeige nach draußen, wo die bewaldeten Hügel und pastellfarbenen Häuserinseln vorüberfliegen.

Roberto lächelt mich im Rückspiegel an. „Sag das mal Sonia und Angelo. Für die beiden ist das Alltag."

„Stimmt ja gar nicht. Ich liebe das Meer", sagt Angelo mit seiner supersoften Kratzstimme und ich bekomme eine Gänsehaut. „Schon immer, und das wird sich auch nicht ändern." Sein Blick geht zu mir. „Aber München ist doch auch eine tolle Stadt."

Ich weiß, alle finden München toll. Trotzdem muss es ein Wahnsinnsgefühl sein, am Wasser zu leben. Jeden Tag Wind, Salzluft und knirschenden Sand zwischen den Zehen. Dann ist es still im Wagen. Roberto konzentriert sich auf die kurvige Strecke, Mama lächelt in die Landschaft. Sonia kuschelt sich in ihre Ecke und schließt die Augen, Angelo rutscht eine Etage tiefer und grinst mich ab und zu von der Seite an. Nur ich kann mich nicht entspannt zurücklehnen und die Fahrt einfach nur genießen. Dazu ist das Gefühl, so dicht neben Angelo zu sitzen, viel zu aufregend. Ich spüre seinen Oberschenkel an meinem, und als er mir ein flüchtiges Küsschen auf die Wange gibt, tanzen meine Hormone Cancan. Und in diesem Moment weiß ich, dass mir gar nichts Besseres passieren kann, als Händchen haltend in einem viel zu heißen Wagen zu sitzen, den Fahrtwind zu spüren und Kilometer für Kilometer Angelos Zuhause entgegenzufahren.

Dunst hängt über den Bergen, als wir etwa eine Stunde später die Autobahn verlassen. Roberto zahlt die Mautgebühr an einem Automaten, dann fahren wir auf die Küstenstraße Via Aurelia weiter Richtung Westen. Das Meer ist jetzt zum Greifen nahe und meine Nase klebt an der Fensterscheibe. Ich kann mich kaum sattsehen an den Blauschattierungen des Wassers, an den Stränden mit den bunten Sonnenschirmen, an den gelben und ockerfarbenen Häusern mit den langen schmalen Fenstern und grünen Rollläden. Hochgewachsene Palmen reihen sich aneinander, dazwischen wuchern Oleanderbüsche und Bougainvillea – eine einzige Blütenorgie in Weiß, Rosa und Lila.

Kaum zu glauben, dass Angelo hier zu Hause ist. In diesem Traumland, wo sich bestimmt jeder Tag wie Urlaub anfühlt.

„Das ist ja wie im Paradies!", ruft Mama aus. „Roberto, warum hast du uns nicht gesagt, dass ihr im Paradies lebt?"

Mr Smart lacht und sagt: „Für mich ist das Paradies da, wo ihr beide seid. Und natürlich Sonia und Angelo."

Wow, das hat er aber schön gesagt. Mama guckt ihn daraufhin ganz verzückt an.

Am liebsten würde ich mein Handy rausnehmen, um Franzi und Pauline zu schreiben, wie cool und abgefahren es hier ist. Doch wenn ich das tue, muss ich Angelos Hand loslassen. Ein absolutes No-Go! Freiwillig beende ich den Körperkontakt jedenfalls nicht.

Noch etwa zehn Minuten geht es an pastellfarbenen Stadtvillen, Luxushotels, Restaurants und Straßencafés mit bunten Sonnenschirmen vorbei, dann verlässt Roberto an einem Kreisel die Via Aurelia und fährt in den Ort hinein. Schlichte mehrstöckige Wohnhäuser beherrschen jetzt das Stadtbild. Ein paar Querstraßen weiter biegt er links in eine Straße mit dicht gewachsenen Platanen ein und parkt vor einem vierstöckigen ockergelben Haus.

„Hier wohnen wir", sagt Mr Smart. „Vierte Etage. Die Wohnung da oben links mit den Bistrostühlen auf dem Balkon."

Wir steigen aus und mein Blick gleitet an der Fassade nach oben. Wäscheständer auf den Balkonen, Geranien in den Blumenkästen, bröckelnder Putz. Von dem Luxus der Villen an der Uferstraße ist hier nichts mehr zu spüren. Trotzdem finde ich das Haus irgendwie schön.

„Wir haben eine geniale Aussicht", sagt Angelo. „Aber es ist ziemlich heiß da oben."

„Dafür gibt es ja Ventilatoren", bemerkt Roberto.

„Die aber nicht viel bringen", ergänzt Sonia.

„Kein Problem", sagt Mama. „Uns macht das nichts aus, nicht wahr, Liv?

Ich nicke. Alles ist besser als wieder ein verregneter Sommer in München.

Sonia kramt in ihrem glitzerigen Gucci-irgendwas-Täschchen nach Geld. „Ich komm gleich nach. Ich hol noch schnell Pfirsiche." Im nächsten Moment ist sie auch schon um die Ecke verschwunden.

Roberto und Angelo schnappen sich unsere Koffer und tragen sie über die Straße. Ich bin so wahnsinnig gespannt auf die Wohnung, dass ich ein paarmal stolpere, als wir die Treppe hochstiefeln.

Alles klar, Liv. Erst ziehst du Klopapier hinter dir her, jetzt kannst du nicht mal die Treppe vernünftig hochgehen.

Noch zwei Treppenstufen, dann schließt Roberto auf und lässt Mama und mir höflich den Vortritt. Etwas befangen bleibe ich im schmalen Flur stehen, wo Schuhe, Taschen und Klamotten durcheinanderfliegen. Mama hätte mich garantiert zusammengefaltet, wenn ich meine Jacke einfach so auf die Kommode gepfeffert oder die Schuhe mitten im Weg liegen gelassen hätte. Mir macht das nichts aus. Im Gegenteil. Ich finde es richtig sympathisch. Es zeigt, dass Mr Smart und die Zwillinge nicht extra für Mama und mich aufgeräumt und Showputzen gemacht haben.

„Die Schuhe könnt ihr anlassen", sagt Roberto, als ich schon aus meinen Sneakers schlüpfen will. „Kommt. Wir zeigen euch erst die Wohnung."

Angelo stößt die erste Tür auf der linken Seite auf, das Wohnzimmer. Der durch einen Vorhang von der Sonne abgeschirmte Raum ist so groß, dass nicht nur ein hellgraues großes Sofa mit bunten Kissen, ein Riesenfernseher und ein alter Bauernschrank darin Platz haben, sondern auch ein Esstisch. Der ist schon fürs Mittagessen gedeckt. Auf einer kleinen Kommode neben der Balkontür stehen Familienfotos. Angelo und Sonia als Kinder, Angelos Mutter, die vor sechs Jahren gestorben ist. Sie ist Sonia wie aus dem Gesicht geschnitten.

„Sehr hübsch", sagt Mama und blickt sich um.

„Die Balkontür lassen wir tagsüber wegen der Hitze zu", meint Mr Smart. „Hier geht's weiter zu meinem Arbeitszimmer."

Er stößt die vom Wohnzimmer abgehende Tür auf. Während Mama hineingeht und sich neugierig umsieht, bleibe ich auf der Schwelle stehen. Dies hier ist kein gewöhnliches Arbeitszimmer, sondern eine Bücherhöhle mit gefühlt einer Million Büchern, die sich in deckenhohen Regalen aneinanderschmiegen. Genau wie Mama ist Mr Smart der totale Bücherwurm. Er hat seine Leidenschaft sogar zum Beruf gemacht und übersetzt Romane und Sachbücher aus dem Deutschen ins Italienische.

„Ich weiß, ich sollte endlich mal ausmisten, aber ich kann mich nie von meinen Schätzen trennen."

„Ich auch nicht", sagt Mama und scannt blitzschnell die Buchrücken. „Aber ich finde, das muss man auch gar nicht." Wie gut, dass meine Mutter mit ihrer Freundin Anett ein

Büchercafé in München betreibt, das Café *Karamell.* Da kommen alle Bücher hin, die bei uns zu Hause keinen Platz mehr finden.

„Willst du mein Zimmer sehen?", fragt Angelo und streckt seine Hand nach mir aus.

Was für eine Frage! Natürlich will ich das.

Angelos Zimmer befindet sich am Ende des Flurs auf der gegenüberliegenden Seite.

„Es ist nicht besonders groß", sagt er entschuldigend.

„Macht doch nichts", erwidere ich und husche hinein.

Als Erstes fällt mir das coole Hochbett mit einer Leiter aus echten Baumstämmen ins Auge. Darunter stehen ein Schreibtisch sowie ein kleines Bücherregal, an dem eine Gitarre lehnt.

Mein Blick geht weiter zu den beiden abgewetzten Ledersesseln am Fenster. Als Tisch dient ein ausrangierter alter Koffer von anno dazumal. Aber das Irrste sind die vielen alten Vinylplatten, die an den mattgrünen Wänden hängen.

„Gefällt's dir?", fragt er, während ich ein gerahmtes Foto auf seinem Schreibtisch entdecke. Katastrophe! Es handelt sich nämlich um ein ganz bestimmtes Foto. Genauer gesagt um das schlimmste Foto aller Zeiten. Es zeigt mich mit einem Burger in der Hand und einem Stück Gurke an der Backe am Strand. Peinlich, peinlich, aber Angelo fand den Schnappschuss angeblich so süß, dass ich ihn ihm aus Spaß geschickt habe. Er hat mir versprochen ihn niemandem zu zeigen. Und jetzt steht er auf seinem Schreibtisch.

„Es ist echt cool hier", murmele ich, „aber das da …" Ich deute auf das Foto. „Das gehört in den Papierkorb."

„Gar nicht wahr!"

„Doch! Ich sehe aus wie … wie eine Planschkuh!"

„Wenn du das noch einmal sagst, muss ich dich leider küssen." Angelo macht eine kleine Pause und seine Nugataugen wirken plötzlich dunkelDUNKELbraun. Die Luft knistert mit einem Mal so heftig, dass unsichtbare Funken sprühen.

„Ich sehe trotzdem wie eine Planschkuh aus", wiederhole ich mit brüchiger Stimme.

Und dann passiert es. Das, worauf ich so viele Tage, Stunden und Minuten warten musste. Angelo zieht mich zu sich heran und küsst mich.

Wow, wow, wow, wow, wow!

Wie jetzt? Mehr fällt dir nicht dazu ein, Liv?

Nein, es ist einfach nur hammer! Und crazy! Und total unwirklich. Als würde ich zwei Zentimeter über dem Boden schweben.

Jemand räuspert sich in meinem Rücken.

Angelo und ich fahren auseinander und kommen unsanft wieder auf der Erde an.

Sonia.

„*Mi dispiace*, ich will ja nicht stören, aber ihr sollt mal in die Küche kommen."

Weg ist sie. Angelo und ich gucken uns an. Ich glaube, es ist ihm genauso peinlich wie mir, dass seine Schwester uns beim Knutschen erwischt hat.

„Sie wird's überleben." Angelo nimmt mich an die Hand und zieht mich über den Flur zur Küche.

Ich bin erst mal baff, weil sie so klein ist, dass wir kaum zu fünft darin Platz haben. Schmuckstück des Raums ist der Retro-Gasherd, der so gar nicht zu den beigen Hängeschränken, der verkratzten Edelstahl-Spüle und dem winzigen Küchentisch passen will. Im Regal stehen zwischen Tassen und Tellern zwei gerahmte Fotos von Angelos verstorbener Mutter.

„Na, kommt, anstoßen!", schmettert uns Mr Smart entgegen.

Während Angelo und ich in seinem Zimmer waren, hat Roberto in Windeseile einen leckeren Begrüßungs-Smoothie aus Erdbeeren, Pfirsichen und einem Hauch Minze zubereitet.

Er hält sein Glas hoch. „Darauf, dass ihr endlich hier seid. Wir freuen uns so."

Angelo grinst mich an. „Auf dich, *pomodoro*", sagt er und lässt unsere Gläser gegeneinanderklirren.

„*Pomodoro*? Was heißt das?", frage ich, nachdem ich von dem eisgekühlten Smoothie probiert habe.

Angelo deutet bloß auf mein T-Shirt und Sonia gluckst los.

„Du nennst sie jetzt aber nicht Tomate, oder?"

„Mal gucken."

Ich muss lachen. Vielleicht ist *Tomate* nicht der coolste Kosename der Welt, doch aus Angelos Mund klingt er einfach nur supersüß.

Mr Smart nimmt einen riesigen Topf aus dem Regal und lässt Wasser hineinlaufen.

„Ihr verzieht euch jetzt alle mal. Liv hilft mir bestimmt gerne beim Essenmachen. *D'accordo*, Liv?"

Und ob ich einverstanden bin. Ich mag es total, mit Roberto in der Küche zu stehen, ihm über die Schulter zu schauen oder etwas für ihn vorzubereiten. Uns trennt zwar ein riesiger Altersunterschied, aber eins haben wir gemein: Wir lieben es beide, etwas Leckeres zu brutzeln.

Während Roberto sich nur zum Spaß an den Herd stellt, möchte ich später mal eine richtig gute Köchin werden. Vielleicht in einem edlen Restaurant oder in einem piekfeinen Hotel. Oder ich mache etwas Eigenes auf.

Ich fand Kochen schon immer cool. Grund dafür ist unter anderem meine Mama, die eine absolute Null am Herd ist. Sie kann froh sein, dass ich sie nicht bei irgendeinem Amt verpetze, weil sie ihren mütterlichen Pflichten nicht nachkommt. Einen Dad, der seinen väterlichen Pflichten nachkommen könnte, habe ich nämlich nicht. Mein Erzeuger hat uns im Stich gelassen, als ich noch ein Säugling war. Er ist nach Portugal oder Spanien gegangen, weil ihm seine Musik wichtiger war.

Aber zurück zu Mama. Sie schafft es nicht mal, vernünftig Kartoffeln zuzubereiten. Ich meine, so, dass sie einfach nur gar werden und *essbar* sind. Und wenn sie etwas Richtiges kochen soll, zum Beispiel eine Suppe, ein Nudelgericht oder einen Auflauf, kann es passieren, dass sie Salz und Zucker verwechselt und man am Ende alles wegschütten muss, weil es so eklig ist.

„Was gibt's denn?", frage ich gespannt, als Roberto zwei Schüsseln aus dem Kühlschrank nimmt. Eine große und eine kleine.

„*Ravioli alla curcuma ripieni di ricotta e asparagi selvatici*", rattert Roberto herunter.

Ich muss lachen. Außer Ravioli habe ich kein Wort verstanden. „Kannst du das bitte mal übersetzen?"

„Hausgemachte Kurkuma-Ravioli mit einer Füllung aus wildem grünen Spargel und Ricotta."

Hm, das klingt megalecker! Kurkuma ist ein exotisches Gewürz, das ich bisher nur aus der indischen Küche kannte.

„Und dazu einen Salat aus Rucola und Wildkräutern", fährt er fort.

Das wird ja immer besser!

Ich biete ihm an, mich ums Dressing zu kümmern.

„Sehr gerne", sagt Roberto und deutet auf das Regal neben

dem Herd. Dort stehen verschiedene Olivenöle und Essigsorten in einer Reihe. Er kramt im Hängeschrank und reicht mir einen Plastikbehälter.

„Einfach zumachen und kräftig schütteln."

Ich nicke. Ich kenne diese Art von Dressing-Shaker aus dem Kochkurs, den ich vor den Sommerferien belegt habe. Es waren viel zu viele kicherige dreizehnjährige Mädchen dabei, und ich habe nicht besonders viel gelernt, dafür aber Nick kennengelernt, der jetzt neben Pauline und Franzi zu meinen besten Freunden zählt.

„Nimm dir, was du brauchst. Pfeffer und Salz stehen auf dem Tisch."

Ich erspähe einen weißen Balsamico-Essig, der ziemlich edel aussieht. „Darf ich den probieren?"

„*Ma certo!* Du musst doch nicht fragen. Du darfst hier an alles rangehen. Du bist hier jetzt zu Hause!" Er zwinkert mir zu. „Nur den Wein und den Grappa lässt du besser stehen."

Klar. Logisch. Mit Alkohol habe ich sowieso nichts am Hut. Ich mag es nicht, wenn sich nach ein, zwei Shots alles in meinem Kopf dreht.

„Und? Wie gefällt's dir hier bei uns?", fragt Roberto, während er durch die Küche wirbelt. Jeder Handgriff sieht bei ihm total lässig aus, so als habe er ihn schon tausend Mal gemacht.

„Schön! Es ist richtig gemütlich."

Nur Sonias Zimmer habe ich bisher noch nicht gesehen. Wahrscheinlich fliegen überall ihre Ballettsachen herum, aber das kenne ich ja schon von ihr.

Mr Smart grinst zu mir rüber. „Angelo meinte, wir hätten die Küche streichen und ein neues Sofa kaufen sollen. Das alte ist ja schon etwas abgenutzt."

Ich kichere leise in mich hinein. Wie süß ist das denn! Er hat sich total den Kopf gemacht, ob wir uns hier auch wohlfühlen.

„Quatsch", widerspreche ich. „Ich mag gar keine Wohnungen, die aussehen wie aus dem Möbelprospekt."

„Ich hab Angelo auch gesagt, dass das etwas übertrieben ist. Wir sind ja schließlich kein Einrichtungshaus."

Da bin ich ganz Mr Smarts Meinung. Eine Wohnung ist viel schöner, wenn sie Charakter hat. Wenn man spürt, dass da echte Menschen drin wohnen.

Ich gieße Öl und Essig zusammen, pfeffere und salze das Gemisch und gebe noch einen Teelöffel Honig dazu. Dann verschließe ich den Behälter und fange langsam an zu schütteln.

Roberto grinst zu mir rüber. „Auf jeden Fall ist es bei euch aufgeräumter."

„Und wennschon. Wir sind ja auch nur zu zweit."

Ich grinse zurück. Inzwischen finde ich Mamas Freund richtig cool. Seit sie mit ihm zusammen ist, ist sie längst nicht mehr so verkrampft wie früher. „Weißt du, Liv", fährt Roberto fort und lüpft den Deckel des Kochtopfs, in dem schon das Wasser brodelt. „Angelo hat einfach große Angst, etwas falsch zu machen."

„Wieso denn?", frage ich überrascht.

„Er will dich nicht verlieren."

Wie absurd ist das denn! Angelo ist der totale Traumtyp. Eher sollte ich Angst haben, ihn zu verlieren. Weil die Mädchen ihn garantiert umschwärmen wie Motten das Licht.

„So wie seine Exfreundinnen", fährt Roberto fort.

„Ach ja?", sage ich, während sich etwas in meinem Magen zusammenkrampft.

Roberto nickt vage und gibt vorsichtig die Ravioli ins Wasser.

Seine Exfreundinnen, hallo? Ich dachte, er hatte bisher nur diese eine, Anna, mit der nach einer Woche schon wieder Schluss war.

Jetzt mach dich mal locker, Liv.

Ich bin locker. Ich bin sogar ganz extrem locker!

Ich schüttele stärker. So verbindet sich das Öl mit dem Essig auch viel besser.

Bist du nicht, Liv.

Bin ich doch!

Plopp, macht es bloß eine Millisekunde darauf, der Deckel löst sich und das Dressing spritzt in alle Richtungen. Ich stoße einen Schrei aus. Überall Dressing! Auf dem Fliesenboden, an den Wänden, an den Schränken. Wahrscheinlich ist auch noch der Deckenventilator verklebt.

Großartig! Fabelhaft! Dreifaches Hurra! Kaum bin ich eine halbe Stunde hier und schon passiert die erste Katastrophe. Das war ja klar. Die Fettnäpfchen-Queen schlägt wieder mal voll zu.

Während Roberto mit offenem Mund dasteht, kommen Mama, Angelo und Sonia angeflitzt. Alle drei gucken so entsetzt, als hätte ein Nilpferd die Küche verwüstet.

„Was ist das denn?", fragt Mama mit Blick auf die besudelten Wände.

„Dressing", murmele ich.

Sonia lässt eine hysterische Kichersalve los.

„Und wie ist das passiert?", fährt Mama fort.

Ich wollte mich mal so richtig schön amüsieren, Mama. Und mit Dressing rumspritzen ist besonders lustig.

„Der Deckel ... äh ... von dem Dressingbehälter ... Er ist irgendwie weggeflutscht. Tut mir leid."

Sonia kichert heftiger (ja, das ist ja auch kolossal witzig), Mama zieht ein Gesicht, als hätte sie Zahnschmerzen, Angelo senkt den Blick, und Roberto ... keine Ahnung, was der tut, weil ich mich nicht mal traue in seine Richtung zu gucken. Wahrscheinlich überlegt er gerade, wie er uns schnellstmöglich nach Deutschland zurückbefördern kann.

Doch im nächsten Moment entspannen sich seine Gesichtszüge und er sagt: „Ist überhaupt nicht schlimm, Liv. *Non c'è problema!*"

„Aber die Flecken!", ruft Mama mit jeder Menge Drama in der Stimme. „Die kann man bestimmt nicht einfach so wegwischen!"

„Angelo findet sowieso, dass hier mal wieder gestrichen werden muss", sagt Roberto. „Das ist wohl ein Wink des Schicksals."

Ich schnappe mir einen Lappen, doch Roberto nimmt ihn mir gleich wieder aus der Hand. Dabei lächelt er mich so entwaffnend an, dass ich mich nicht mehr ganz so grässlich fühle. „Wir kümmern uns später drum. Jetzt wird erst mal gegessen."

Er lugt in den Topf, wo die Ravioli langsam nach oben steigen.

„Für euch gibt's hier im Moment nichts zu tun", sagt er zu Mama, Angelo und Sonia. „Geht doch bitte schon mal rüber und nehmt den Parmesan mit. Liv und ich brauchen noch einen kleinen Moment."

Angelo schnappt sich den Teller, lächelt mir aufmunternd zu und folgt Mama und Sonia nach draußen.

„Das tut mir so leid", sage ich, kaum dass ich mit Roberto alleine bin.

Nicht nur, dass die ganze Küche eingesaut ist, jetzt befindet

sich auch nur noch ein winziger Rest Dressing im Behälter.
Und ich möchte das Ganze ungern wiederholen.

„Das ist wirklich kein Drama. Stell dir vor, der Herd wäre
explodiert, es hätte gebrannt oder einer von uns hätte sich
am kochenden Wasser verbrüht. Das wäre schlimm."

Roberto hat ja recht, trotzdem hätte ich mir meinen Einstand
im Haus Maroncelli etwas weniger eindrucksvoll vorgestellt.
Und alles nur wegen eines lächerlichen Eifersuchtsanfalls.
Eigentlich kann es mir doch egal sein, wie viele Freundinnen
Angelo bisher hatte. Solange er nur mich liebt.

Mr Smart schüttet den Rest Dressing an den Salat, mischt
und probiert.

„Hm, nicht schlecht ... Aber ich glaube, das ist jetzt noch ein
bisschen zu wenig. Was meinst du?"

Ich koste ebenfalls ein Blatt und gebe ihm recht. Es wäre mir
peinlich, so etwas Lasches auf den Tisch zu bringen.

Weil keine Zeit mehr ist – die Ravioli sind fertig –, gebe
ich einen guten Schuss Olivenöl, eine etwas kleinere Menge
Balsamico, einen Teelöffel Honig und eine gute Prise Salz
auf die Rucola-, Radicchio- und Chicorée-Blätter.

Ich vermenge alles gut, dann können wir servieren.

Mama, Sonia und Angelo sitzen bereits um den Esstisch und
quasseln um die Wette. Das heißt, Angelo und Sonia plappern auf Italienisch, Mama hockt daneben und lächelt höflich. Keine Ahnung, ob sie überhaupt etwas versteht.

„*Ragazzi*", zischt Roberto leise. „Wir hatten doch ausgemacht, dass ihr nur Deutsch redet."

Angelo murmelt eine Entschuldigung, aber Sonia meint, sie habe ihrem Bruder etwas Wichtiges sagen müssen.

„Was ist denn so wichtig, dass es nicht bis nach dem Essen warten kann?", fragt Roberto und lässt die Schüssel mit den Ravioli rumgehen.

„Ich will nur nicht, dass er in meinem Zimmer knutscht. Also, äh, mit Liv. Ich meine, auf meinem Bett."

Ich werde rot. Richtig KNALLROT. Wieso musste sie das jetzt von sich geben? Wir sind noch nicht mal richtig angekommen.

„Sonia", meint Mr Smart megagelassen. „Vielleicht wollen die beiden ja sowieso bei Angelo übernachten. Wir könnten die Matratze auch dort hinlegen, falls es auf dem Hochbett zu eng sein sollte."

„Nein!", platzt es aus mir heraus und alle Blicke wandern zu mir.

Roberto guckt verwundert, Mama reißt die Augen auf und Angelos Augenbrauen rücken ein Stückchen zusammen.

Hilfe! Jetzt denkt Angelo, dass du ihm bloß nicht zu nahe kommen willst.

Gar nicht wahr! Er denkt ...

Ja? Ja? Was? Was?

Dass mir das alles zu schnell geht. Und das kann er von mir aus auch ruhig denken.

„Ich bin auch dafür, dass Liv erst mal bei Sonia schläft", sagt Mama und grinst wie ein Pandabär im Eukalyptus-Rausch. Ich weiß auch, warum. Bestimmt glaubt sie, dass Angelo nichts Besseres zu tun hätte, als mir ein Baby zu machen. Dabei … Also echt mal … Wer denkt denn gleich so was? Ich ganz bestimmt nicht.

Nur weil ich jetzt mit Angelo zusammen bin, müssen wir doch nicht sofort aufs Ganze gehen. Typisch Erwachsene und ihre schmutzigen Fantasien. Zum Beispiel Pauline. Seit sie ihren ersten Händchenhalte-Freund hatte (das ist jetzt zwei Jahre her), ist ihre Mutter besessen davon, ihr die Pille aufzuschwatzen. Dabei will Pauline das alles noch gar nicht. Sie versteht gar nicht, warum ihre Mutter so einen Alarm macht. Streicheln, fummeln und knutschen können nämlich auch ganz schön sein.

Während ich mir ein paar der köstlich duftenden Ravioli auf den Teller lade und ordentlich Parmesan darüberreibe, nehme ich mir vor, mir Sonia später vorzuknöpfen. Sie hätte das hier am Esstisch nicht herumposaunen müssen.

„Auf eine wunderschöne Zeit!" Mr Smart erhebt feierlich sein Wasserglas und wir prosten uns zu. Sonia spricht wie üblich ein leises Tischgebet auf Italienisch, dann machen wir uns über die Pasta her.

„Und? Wie schmeckt's?", will Roberto nach den ersten Happen wissen.

„Fantastisch", sagt Mama.

Statt einer Antwort ächze ich nur. Die Ravioli sind einfach göttlich. Der grüne Spargel passt eins a zu dem exotischen Kurkuma-Gewürz und der Ricotta ist das Tüpfelchen auf dem i.

„Ich muss unbedingt das Rezept haben!", sage ich.

Roberto zwinkert mir zu. „Kein Problem. Ich schreib's dir gerne auf."

In derselben Sekunde habe ich die zündende Idee. Ich werde alle neuen Rezepte in einem Heft notieren, damit ich sie später, wenn ich wieder in Deutschland bin, für Nick kopieren kann. Der wird sich bestimmt riesig freuen.

„Der Salat ist aber auch lecker", sagt Angelo und plinkert mich an. Ich schmelze dahin.

„Ja, richtig toll", bestätigt Sonia, als wolle sie ihren Patzer von eben wiedergutmachen.

„Allerdings", sagt jetzt auch noch Roberto.

Zum Glück wechseln wir dann das Thema. Es ist mir ein bisschen peinlich, dass alle das improvisierte Dressing über den grünen Klee loben. So toll schmeckt es nun auch wieder nicht.

Mama erkundigt sich bei ihrem Liebsten, wie weit er mit seiner Comic-Übersetzung ist, doch der winkt bloß mit Augenrollen ab und verkündet stattdessen stolz, dass Sonia einen der heiß begehrten Plätze im Meisterkurs der Sommerakademie in Genua ergattert hat.

Sonia strahlt übers ganze Gesicht. „Morgen geht's los", sagt sie. Und zu mir bedauernd: „Du wirst mich also kaum zu Gesicht bekommen."

„Oh, wie schade", nuschele ich und meine es wirklich so. Natürlich möchte ich am liebsten den ganzen Tag mit Angelo verbringen. Trotzdem hatte ich gehofft, Sonia besser kennenzulernen und ihr vielleicht etwas näherzukommen. Als sie bei uns in München war, haben wir nicht viel zusammen gemacht. Weil mir ihr Ballettgetue so auf die Nerven ging. Und als sie dann auch noch mit der blöden Pute Nastja Elena Schulz aus meiner Parallelklasse um die Häuser gezogen ist, hatte ich schon gar keine Lust mehr auf sie.

„Dann ist es dir also immer noch ernst mit dem Ballett?", will Mama wissen.

„Na, logisch!"

Robert schickt ein geseufztes *Sehr ernst* hinterher. Ich verstehe, dass er von Sonias Traum nicht hellauf begeistert ist. Ballerina ist ein wirklich schwerer Beruf und die Karriere kann so schnell vorbei sein.

„Hat jemand Lust auf Nachtisch?", fragt Angelo, als alle Ravioli verputzt sind und auch vom Salat nicht mal mehr ein Fitzelchen übrig ist.

Was für eine Frage, natürlich möchten wir Nachtisch! Und besonders italienische Desserts. Die sind immer unglaublich lecker. Eilig räumen wir den Tisch ab, und als Angelo in der Küche eine Schale Mascarpone-Creme mit Erdbeeren aus dem Kühlschrank nimmt und auf dem Tisch zwischenparkt, kann ich es mir nicht verkneifen, klammheimlich den Finger hineinzutunken und ihn abzuschlecken.

„Das hab ich gesehen!" Angelo fährt herum und grinst mich an.

„Sorry, aber ich liiiebe Mascarpone-Creme."

„Dann viel Spaß beim Turteln", sagt Sonia, schnappt sich die Schale und geht damit raus. „Aber beeilt euch, sonst haben wir alles weggefuttert."

Wie aufs Stichwort zieht Angelo mich zu sich heran.

Hammer, diese Nugataugen! Ich glaube, ich werde ohnmächtig.

Schon kommt Angelos Kopf näher und eine Millisekunde darauf küssen wir uns. Nie zuvor ist ein Mädchen auf dieser Welt so hammerartig geküsst worden wie ich gerade. Meine Beine werden gummiweich, dann hebe ich ab und schwebe mit Angelo auf einer rosaroten Wolke davon. Als wir wenig später wieder sicher in der Küche landen und uns voneinander lösen, grinst Angelo mich verlegen an.

„Das war toll", krächzt er.

Ich nicke. Das war nicht nur toll, das war unglaublich!

„Und was hast du so vor?", frage ich, während Angelo vier Dessertschälchen aus dem Küchenschrank nimmt. „Ich meine, während wir hier sind?"

„Na, was schon? Mit dir zusammen sein." Wieder dieser Nugataugen-Blick. „Am liebsten die ganze Zeit."

Warme Bäche rieseln durch mich hindurch, gefolgt von eiswürfelkalten Schauern. Das hat Angelo wirklich schön gesagt, megaschön!

„Okay, ab und zu muss ich auch im *Profumo* arbeiten", fügt er mit leisem Bedauern hinzu. Angelo jobbt in einer Eisdiele, um das Geld für seine Gesangsstunden zu verdienen.

„Kein Problem", sage ich und denke: Doch, das *ist* ein Problem. Jede einzelne Sekunde, die ich hier bin, möchte ich mit Angelo verbringen. Ihn ansehen. Ihn küssen. Es genießen, wenn er mich *pomodoro* nennt. Und Sonnenuntergänge am laufenden Meter erleben.

„Liv?", dringt Angelos Stimme in mein Bewusstsein. „Alles okay?"

Ich nicke.

Er gibt mir ein zärtliches Küsschen, wobei seine Zunge noch einmal minikurz in meinen Mund schlüpft, dann trage ich die Nachtischschälchen verknallt grinsend nach nebenan.

Es ist bereits kurz nach drei, als wir mit dem Essen fertig sind. Die Küche blitzt und blinkt wieder. Die Salatsoße war tatsächlich bis in den letzten Winkel gespritzt, eine ziemliche Sauerei. Doch da alle (bis auf Sonia, die zu einer Freundin wollte) mit angepackt haben, war es am Ende halb so schlimm.

Eilig räume ich meine Sachen in Sonias proppevollen Kleiderschrank. Ihr Zimmer ist fast noch kleiner als meins, plüschig rosa, unordentlich und extrem laut, weil es zur Straße rausgeht. Dann ruft Mr Smart über den Flur:

„Liv, kommst du? Ich zeige euch den Ort."

Angelo steckt seinen Kopf zur Tür herein. „Nimm deine Badesachen mit."

„Äh, heute schon baden?", frage ich.

„Ich dachte, du freust dich so aufs Meer?"

„Ja, klar", murmele ich.

Pech nur, dass mein Bikini und ich schon länger auf Kriegsfuß stehen. Meine weiblichen Rundungen, meine mozzarellableiche Haut ... Ich wünschte, ich würde ein bisschen wie Angelo oder Sonia aussehen. Wie ein leckeres Magnum mit Schokomantel, das man am liebsten anknabbern möchte.

Angelo huscht wieder hinaus, ich krame eilig meinen neuen Tankini aus dem Koffer, schlüpfe hinein und ziehe ein Top und einen flatterigen Sommerrock drüber. Pah, meinen Komplexen werde ich heute den Kampf ansagen. In meinen

Rucksack kommen Sonnencreme mit Lichtschutzfaktor 50, mein Handy und eine Bürste sowie eins der Handtücher, die Roberto für mich auf meine Matratze gelegt hat. Sonnenbrille auf, fertig.

Mama, Mr Smart und Angelo warten bereits auf dem Flur. Dann brechen wir auf.

Weiße Wolkengebirge türmen sich am Himmel, als wir auf die Straße treten. Es ist noch heißer als vor ein paar Stunden, aber das macht das Feriengefühl für mich erst perfekt.

Roberto und Mama schlendern Händchen haltend voraus, Angelo und ich trödeln hinterher. Es gibt so viel zu begucken und zu bestaunen. Mattgelbe, hellgrüne und rosafarbene Häuser mit verschnörkelten Balkonen. Villen, die sich hinter hohen Zäunen inmitten von Palmen verstecken. Blühende Büsche und Bäume, deren Namen ich nicht mal kenne.

Während ich immer wieder stehen bleibe und meinen Blick über die Fassaden gleiten lasse, spüre ich, wie sich Angelos Hand ganz automatisch in meine schiebt. Es ist wie im Traum und noch viel schöner. Pausenlos lächeln wir uns an. Gäbe es einen Knopf, um die Zeit anzuhalten, würde ich ihn genau in diesem Moment drücken.

Zwei Straßen weiter stoßen wir auf eine kleine Fußgängerzone. Zu Hause in München tobt um diese Uhrzeit das

Leben, hier sind fast überall die Rollläden runtergelassen. Bloß ein paar Touristen sitzen in einem Café, essen Eis oder trinken Kaffee. Roberto erklärt, dass die Geschäfte während der Siesta geschlossen sind und erst wieder zwischen halb vier und vier öffnen.

„Da kann man ja nachmittags gar nicht einkaufen gehen", sage ich. „Ist das nicht blöd?"

Roberto lacht und fährt sich durch die angegrauten Locken. „Einerseits ja, andererseits nein. Im Sommer ist es viel zu heiß, um den ganzen Tag durchzuarbeiten. Dafür haben die Läden abends länger offen. Und die Kaufhäuser und großen Einkaufszentren außerhalb der Ortschaften machen sowieso keine Mittagspause."

Eine Seitenstraße weiter befindet sich die Eisdiele *Profumo*, in der Angelo den Sommer über jobbt.

„Sucht euch was Leckeres aus", sagt Roberto und zückt sein Portemonnaie. „Das Eis hier ist so fabelhaft, dass die Leute extra aus den Nachbarorten herkommen."

„Gerne ein andermal", sage ich, weil ich noch vom Mittagessen satt bin.

Während Mama bereits die vielen Eissorten scannt und sich nicht entscheiden kann, legt Angelo seinen Arm um meine Hüfte.

„*Andiamo alla spiaggia?*"

Ich nicke. Wahrscheinlich heißt das: *Gehen wir an den*

Strand? Aber selbst wenn Angelo mich gefragt hätte, ob ich mit zur Klärgrube, ins Industriegebiet oder an die Autobahn kommen würde, hätte ich Ja gesagt. Einfach um bei ihm zu sein und dieses oberwahnwitzige *Ich bin in Italien*-Gefühl an seiner Seite zu genießen.

Angelo gibt Mr Smart Bescheid, dass wir uns jetzt abseilen, ich winke Mama knapp zu, weg sind wir.

„Endlich!", sagt Angelo mit seiner rauen Stimme und zieht mich dichter zu sich heran. Seine Hüfte an meiner – das gibt jedes Mal einen kleinen Stromschlag.

Ich strahle ihn von der Seite an. Endlich! So lange habe ich diesem Moment entgegengefiebert. Hier zu sein ... bei ihm ... Um da weitermachen zu können, wo wir bei unserem Abschied aufgehört haben. Ständig habe ich Franzi und Pauline damit in den Ohren gelegen.

„Oh, Mist", entfährt es mir.

„Was?" Angelo reißt erschrocken die Augen auf.

„Ich habe mich noch gar nicht bei Franzi und Paulina gemeldet."

Ein irritiertes Grinsen huscht über sein Gesicht. „Aber du bist doch erst ein paar Stunden hier."

„Eben. Ein paar Stunden." Mädchen sind eben so. Wir wollen am liebsten von morgens bis abends mit unseren Freundinnen in Kontakt stehen. Das können die Jungs irgendwie nicht begreifen.

Ich schicke den beiden eine knappe Nachricht – bin gut angekommen, Angelo süß, Wetter gut –, dann stecke ich mein Handy wieder weg.

Wir erreichen die von Palmen und Pinien gesäumte Küstenstraße, die Via Aurelia. Von der Sonne geblendet halte ich die Hand vor Augen und schnappe nach Luft. Hach, das Meer! Anders als heute Mittag liegt es jetzt tiefblau und glitzernd vor mir. Die Wolken von eben sind längst Richtung Berge gesegelt.

„Angelo, kneif mich mal."

„Wieso denn?"

„KNEIF MICH MAL!"

Er grient, beugt sich zu mir rüber und gibt mir einen Kuss. Ich fühle mich, als hätte man mich mit einem Spaceshuttle ins Paradies gebeamt. Sommer, Eiscreme und *amore*.

An einem Zebrastreifen will ich schon loslaufen, als Angelo mich mit einem Ruck zurückzieht. Erschrocken bleibe ich stehen.

„In Italien kannst du nicht einfach so über die Straße rennen", sagt er.

„Wieso nicht? Das ist doch ein Zebrastreifen."

„Man muss sich vorher immer erst vergewissern, ob die Autos auch wirklich halten."

Spinnen die Italiener?

Sag das jetzt bloß nicht laut, Liv!

Angelo gibt den Autofahrern ein Handzeichen, sie bremsen ab und wir überqueren sicher die Küstenstraße.

Auf der von Cafés gesäumten Promenade herrscht ein lebhaftes Treiben. Touristen flanieren auf und ab, Kinder flitzen auf ihren Rädern hin und her, auf den Bänken sitzen alte Leute, dösen im Schatten oder quatschen miteinander.

Mein Blick geht zum Strand, der überraschend schmal und voller Menschen ist. Dicht an dicht dösen sie auf Liegen unter bunten Schirmen, manche braten auch in der Sonne, während Kinder mit Sonnenhütchen in den auslaufenden Wellen planschen.

„Hier ist ja gar kein Platz mehr", sage ich und versuche mir meine Enttäuschung nicht anmerken zu lassen.

Angelo erklärt, dass die Strandabschnitte mit den Liegen und Sonnenschirmen privat sind. Und dass wir etwas abseits an einem freien Strandabschnitt baden werden.

Freier Strandabschnitt klingt gut. Vielleicht sind wir dort ganz allein. Vielleicht können wir uns küssen und, ohne dass jemand guckt, ins Wasser gehen.

„Hast du Badeschuhe dabei?", will Angelo wissen und tippt auf meinen Rucksack.

„Badeschuhe?"

„Ja, Plastiksandalen oder so was. Der Strand ist dort leider etwas steinig."

Ich schüttele den Kopf. Ich kenne nur die deutschen Ostsee-
strände, dort ist der Sand streichelzart.

„Sollen wir noch mal umkehren und welche für dich kaufen?"

„Hast du denn welche?", frage ich.

Angelo lacht schallend auf. „Nein! Ich bin aber auch hier
aufgewachsen. Das macht mir nichts aus."

„Okay, ich werd's schon überleben." Nur zimperliche Tussis
und Omas tragen Badeschuhe am Strand.

Etwa hundert Meter weiter geht es über einen Trampel-
pfad, an dem Umweltsünder ihren Plastikmüll im Gebüsch
entsorgt haben, zum Strand. Rufe schallen zu uns herüber,
dann tut sich hinter einem ins Wasser ragenden Felsen eine
kleine Badebucht auf.

Meine Schritte werden zögerlicher. Naiv, wie ich bin, hatte
ich gehofft, wir würden ganz für uns sein, dem Plätschern
der Wellen lauschen und uns vorkommen, als wären wir im
Paradies gestrandet. Doch daraus wird nichts.

Ein paar Jugendliche haben es sich auf Handtüchern bequem
gemacht, und als sie Angelo und mich erspähen, pfeifen und
grölen sie; ein Junge ruft uns etwas auf Italienisch zu.

Mir schießt die Hitze ins Gesicht, kriecht bis zu den Haarwurzeln und wahrscheinlich bekomme ich auch noch rote
Flecken im Ausschnitt.

Wie peinlich ist das denn!? Hat Angelo seinen Leutchen

etwa erzählt, dass er heute mit seiner neuen Freundin vorbeikommt? Und dass die dann vor ihnen im Tankini Schaulaufen macht?

„Angelo, können wir nicht vielleicht woanders hingehen?", raune ich ihm zu, aber er hört mich nicht und steuert bereits auf die Gruppe zu.

Ich komme mir so albern vor, hinter ihm herzutraben. Wie sein Anhängsel oder Schoßhündchen. Und dann stolpere ich auch noch über eine leere Bierkiste, die niemand weggeräumt hat. Es rumst richtig und ein jäher Schmerz zuckt durch meinen Zeh. Doch ich beiße die Zähne zusammen und tue, als sei nichts passiert.

Angelo dreht sich nach mir um. „Alles okay?"

Nein, nichts ist okay! Ich will mit dir alleine sein! Alleine, hörst du?

Doch er hat sich bereits wieder seinen Freunden zugewendet und fragt irgendwas auf Italienisch.

Und dann sagen die Typen etwas.

Und dann wieder Angelo.

Ich stehe blöd daneben und weiß nicht, wo ich hinschauen soll. Es sind nur zwei Mädchen anwesend, beide knusprig braune Grillhähnchen, die sich auf ihren Handtüchern aalen und nicht mal hochgucken, um mir Hallo zu sagen.

Plötzlich prusten und wiehern die Jungs los. Keine Ahnung, ob einer einen Witz erzählt hat. Vielleicht schütten sie sich auch meinetwegen vor Lachen aus, weil ich an diesem Strand mit meiner mozzarellaweißen Haut wie ein Alien aussehe. Zum Glück sind mir die Oma-Badeschuhe erspart geblieben. Die hat natürlich niemand hier an.

„Das ist Luca", sagt Angelo endlich und zeigt auf einen Typen mit Dreitagebart. Der grinst so, als würde er in erster Linie nur sich selbst rattenscharf finden.

Ich nicke ihm zu, schon springt er auf und drückt mich an seine sonnenheiße Brust.

„*Ciao*, Liv."

Ups, es ist das erste Mal in meinem Leben, dass mich ein halb nackter Typ umarmt. Und dann steht auch noch mein Freund direkt daneben. Peinlicher geht's kaum.

Plötzlich sind auch die anderen Badehosen-Jungs da und umarmen mich der Reihe nach. Ich rieche Cola-Atem, Sonnenhaut, Kaugummi, Sonnencreme und frage mich, was hier eigentlich Sache ist. Hat Angelo womöglich so von dem exotischen Wesen aus Deutschland geschwärmt, dass mich alle mal anfassen wollen? Oder macht man das hier so? Ist es völlig normal, sich mit fast nackten Jungs zu drücken? An meiner Schule wäre das jedenfalls ein totales No-Go.

Eins der Mädchen, eine dunkelhaarige Schönheit im Neon-Bikini, hebt den Blick. Eine Weile guckt sie gelangweilt zu mir rüber, dann bequemt sie sich endlich und winkt. Im nächsten Moment ist ihr Kopf wieder zwischen ihren Armen verschwunden. Die andere Schönheit reagiert überhaupt nicht.

Autsch. Franzi würde sagen, die Tussis wittern Konkurrenz.

Die Jungs rücken dichter mit ihren Handtüchern zusammen, sodass Angelo und ich uns zwischen sie legen können. So weit die Theorie.

In der Praxis sieht es dann so aus, dass Angelo und ich uns ein Handtuch teilen müssen (wogegen im Prinzip nichts einzuwenden ist), mein Oberschenkel dabei aber immer noch den Oberschenkel des Typen mit dem Dreitagebart berührt. Am liebsten würde ich mich entmaterialisieren.

Während sich Angelo ganz lässig auszieht, meint er ebenso lässig zu mir: „Liv, du hast doch schon deinen Bikini drunter?"

„Äh, ja, so was Ähnliches", murmele ich und frage mich, warum ich nicht einfach *Nee, bin total nackt* gesagt habe.

„Perfekt! Kommst du dann gleich mit ins Wasser? Ein bisschen abkühlen?"

Ich gucke Angelo an, in dessen nugatbraunen Augen tausend Fragezeichen stehen.

„Worauf wartest du noch? Zieh dich aus."

Ich will aber nicht!

Jetzt spiel hier mal nicht die Nonne, Liv. Ist doch nichts dabei.

Aber Angelo hat mich noch nicht einmal ... äh ... halb nackt gesehen.

Irgendwann ist es eben das erste Mal.

Vor diesen gaffenden Typen mag ich mich erst recht nicht ausziehen.

Aber es ist normal, sich am Strand zu entblättern. Gaffen werden sie eher, wenn du es nicht tust.

Blitzschnell zerre ich das Tanktop über den Kopf.

Oh Gott, mein Busen.

Ja, er ist noch da. Hübsch verpackt in deinem Tankini.

Aber ist er nicht zu groß?

Pah! Du bist die Kurven-Queen am Strand von Ligurien. Sonst noch Fragen?

Genau in dieser Sekunde richtet sich die dunkelhaarige Schönheit Nummer zwei auf, rekelt sich wie ein Model und starrt schlaftrunken in meine Richtung. Ein kurzer Wortwechsel mit ihrer Freundin, dann kichern beide hysterisch los.

Blöde Tussen! Machen die sich etwa über mich lustig?

Ich gucke zu Angelo rüber, doch der zuckt bloß mit den Achseln.

„Was haben die gesagt?", frage ich, während ich umständlich im Sitzen den Rock abstreife.

„Keine Ahnung."

„Das stimmt doch gar nicht."

Angelo stößt einen ärgerlichen Laut aus. „Hör zu, die beiden sind echt bescheuert. Die lästern über alles und jeden."

„Was haben sie gesagt?"

Angelo scannt mich blitzschnell von Kopf bis Fuß.

„Nur, dass du ... ziemlich blass bist." Er klemmt sich verlegen eine Locke hinters Ohr, dann lächelt er. „Aber ich mag dich so. Ich finde dich schön!"

Das sagt ausgerechnet einer, der wie ein zum Anbeißen leckeres Magnum aussieht. Einfach nur hammertoll mit der samtigen Haut und dem blonden Flaum.

Aus dem Augenwinkel registriere ich, dass sich die Mädchen wieder in Grill-Position begeben, und Angelo rückt noch ein Stückchen näher.

„Kennst du die Bilder von Botticelli?" Und ohne meine Antwort abzuwarten, fährt er fort: „Du siehst ein bisschen aus wie die Venus von Milo."

Die Venus von Milo ... Ich erinnere mich dunkel an eine bleiche Frau mit rotblonden Wallehaaren in einer Muschel. Aber Angelo hat recht. Sie ist einfach wunderschön. Das fanden die Menschen zu allen Zeiten.

Und dann fackele ich nicht lange, nehme Angelo an die Hand und laufe mit ihm über die piksenden Steine ins Wasser.

Honigquark mit Zitronensaft

Ich schwimme im Meer!
Über mir der tintenblaue Himmel, unter mir glasklares Wasser und in jeder Zelle meines Körpers prickelt es.
Plötzlich kommt Angelo angekrault. Er taucht aus dem Wasser auf, prustet und schüttelt sich wie ein Hund. Wow, wie umwerfend er aussieht mit den tropfnassen Locken und den dunklen Wimpern, aus denen das Wasser perlt! Schon taucht er wieder unter. Erst zwickt er mich in die Wade, dann umschlingt er mich mit seinen Lianen-Armen. Nasse Haut auf nasser Haut – es fühlt sich so wahnsinnig an! Im nächsten Moment packt er mich, dreht mich auf den Rücken und balanciert mich auf seinen ausgestreckten Armen. Jetzt fühle ich mich leicht wie eine Feder. Die Stimmen am Strand scheinen von ganz weit weg zu kommen, die Zeit bleibt stehen. Okay, da ist er, dieser Moment, in dem alles möglich zu sein scheint.

Los, küss ihn schon, Liv!

Aber doch nicht vor seinen Freunden!

Quatsch, die gucken gar nicht hin. Na, los, ein prickeliger Kuss.
Eine Dosis tausendprozentige Gefühle. Stell dir vor, Pauline
wäre an deiner Stelle. Glaubst du, sie würde sich das entgehen
lassen? Den heißesten Typen aller Zeiten im Meer zu küssen?
Das ist wie ein Sechser im Lotto.

Ich muss kichern.

„Machst du dich etwa über mich lustig?" Angelo bespritzt
mich mit Wasser.

Lachend spritze ich zurück. Salzwasser auf seinem knusprig schönen Körper. Er packt mich und drückt mich unter
Wasser.

Einen Sekundenbruchteil sehe ich die bizarre Unterwasser-
welt des Mittelmeers, dann tauche ich wieder auf.

„Warte, das wirst du mir büßen!"

Angelo schwimmt vor mir weg, ich kraule hinter ihm her.
Wir raufen wie Jungs auf dem Schulhof, dann werden un-
sere Bewegungen sanfter. Alles schreit wieder nach einem
Kuss, nur wer macht den ersten Schritt? Er? Ich?

Mein Blick geht zum Ufer. Immer noch sitzen Angelos Kum-
pel da, als hätten sie Kleister unterm Hintern. Klar, wieso
sollten sie auch abdampfen? Jetzt, wo es gerade so richtig
spannend wird. Dabei wünsche ich mir nichts sehnlicher,
als mit Angelo allein zu sein, wirklich ALLEIN.

Er umschlingt mich mit seinen Armen. So treiben wir durchs Meer.

„Hast du was gegen sie?", fragt er und deutet mit dem Kopf Richtung Ufer.

Ich tauche kurz unter. Als ich wieder hochkomme, erkläre ich: „Sie sind bestimmt total nett, aber ..."

„Du nimmst den Mädchen den Spruch übel, stimmt's?"

„Weiß nicht ... Sie beobachten mich die ganze Zeit und ..." Meine Stimme versagt. Ich will ihm nicht sagen, dass sie mir wie Megazicken vorkommen, in deren Revier ich unerlaubterweise eingedrungen bin.

„Aber das ist ganz normal, Liv. Sie sind neugierig auf dich. Ich hab ihnen von dir erzählt."

„Echt? Was denn?"

„Och, so einiges."

„Auch, dass mir ständig Missgeschicke passieren?"

Er gibt mir ein Küsschen auf die Nasenspitze. „Das nicht. Obwohl es das Allersüßeste an dir ist."

„Red keinen Scheiß."

„Das ist kein Scheiß! Eine knackbraune Liv ohne Missgeschicke kann ich mir überhaupt nicht vorstellen."

Ich springe kopfüber in eine kleine Welle. Angelo macht es mir nach. Wir kommen hoch, prusten, lachen.

„Also, was hast du ihnen erzählt?", nehme ich den Faden wieder auf.

„Dass du die Tochter von *papàs* neuer Freundin bist. Dass du so ein wunderschönes weiches Deutsch sprichst und das R rollst. Dass du toll aussiehst. Und supergut kochen kannst. Besonders Pasta. Und dass man dich erfinden müsste, wenn es dich noch nicht gäbe."

Wow! Das hat er so wunderschön gesagt, dass mein Selbstbewusstsein gleich um einige Prozentpunkte zulegt.

„Die Jungs sind richtig nett", fährt er fort. „Und die Mädchen eigentlich auch. Heute starren sie dich vielleicht noch an, aber morgen wird es für sie schon ganz normal sein, dass du da bist."

„Gibt's hier keine anderen Strände?", frage ich. „Wo ... ähm ... nicht so viel los ist?"

Wassertropfen glitzern auf Angelos Haut. „Doch, die gibt es."

Und dann tue ich es einfach. Lächelnd strecke ich meine Arme nach Angelo aus und küsse ihn. So richtig mit Zunge. Und es ist mir so was von egal, ob jemand zusieht.

Es ist nach Mitternacht, ich liege auf einer viel zu straff aufgepumpten Luftmatratze in Sonias Zimmer und kann nicht schlafen.

Trotz Ventilator ist es heiß. Furchtbar heiß! Und schrecklich laut. Unterm Fenster knötern Vespas im Sekundentakt vorbei, als würde eine Rallye stattfinden, ab und zu hört man in der Ferne einen Zug vorbeirauschen. Sonia scheint das kein bisschen zu stören, sie schläft wie ein Stein. Ab und zu hüstelt sie, dann wieder grunzt sie oder raschelt mit dem Laken, was das Einschlafen noch unmöglicher macht.

Meine Gedanken fahren Achterbahn. Als hätte ich einen Espresso getrunken und gleich noch eine Cola hinterhergeschüttet. Weil heute so wahnsinnig viel passiert ist und mein Gehirn kaum hinterherkommt. Der turbulente Flug … Mein Megamissgeschick in der Küche … Angelo … Der Nachmittag am Meer … Die glotzenden Freunde … Angelo, immer wieder Angelo …

Später sind wir in ein Café gegangen. Wir haben im Schatten einer Platane gegessen und Händchen gehalten. Angelo hat mir von dem Song erzählt, an dem er gerade arbeitet, wir haben Leute beobachtet und den faulen Nachmittag genossen.

Erst gegen acht sind wir nach Hause zurückgekehrt, wo Mama, Mr Smart und Sonia schon beim Abendbrot saßen. Es gab köstliche Vorspeisen, die man hier *antipasti* nennt, teils von Roberto selbst gemacht, teils im Feinkostladen gekauft: Artischockenherzen, ligurische Oliven, im Ofen gebackene Paprika, Schinken aus der Region, dazu eine *farinata* (eine Art Pfannkuchen aus Kichererbsenmehl) und selbst gemachte Limetten-Apfelsaft-Schorle.

Was für ein megacooler Abend, passend zum megacoolen Tag am Meer!

Ich drehe mich auf die andere Seite. Autsch, meine Haut brennt wie Feuer. Mist, Sonnenbrand! Als Angelo und ich, Adonis und Miss Mozzarella, aus dem Wasser gekommen sind, habe ich schon kurz daran gedacht, mich einzucremen. Doch bereits in der nächsten Sekunde hat mein Hirn es – klick – einfach ausgeblendet.

„Ciao, Rosanna!", ruft jemand unter dem gekippten Fenster. Eine Frau lacht, ich höre Flaschen gegeneinanderschlagen, dann ist es wieder still. Und trotzdem kann ich nicht schlafen. Weil ich nicht mal ansatzweise müde bin.

Raschel, raschel, schon habe ich mein Handy aus den Tiefen meines Rucksacks gefischt. Franzi und Pauline sind garantiert noch auf. Vorhin beim Abendessen hat Mama gleich wieder Stress gemacht, als ich sie mit den News vom Tag versorgen wollte.

Hallo, seid ihr noch wach?, schreibe ich. Ich krieg hier kein Auge zu.

Ja, ich, kommt es bloß ein paar Sekunden später von Pauline zurück.

Ich lieg schon im Bett, meldet sich nun auch Franzi. Will aber noch was über Hypnose lesen.

Paulina: Süße, warum kannst du denn nicht schlafen? Wegen Angelo?

Ich: Auch.

Franzi: Wo schläfst du eigentlich?

Ich: Doofe Frage. Natürlich bei Sonia.

Franzi: Alles klar. Dein Unterbewusstsein wünscht dich in sein Bett. Deswegen kriegst du kein Auge zu.

Ich: Quatsch! Tut es nicht!

Pauline: Doch, seh ich auch so. Aber nicht nur dein Unterbewusstsein. Dein Bewusstsein ja wohl auch!

Ich: Ihr habt sie ja nicht mehr alle.

Pauline: Was spricht eigentlich dagegen, dass du bei ihm übernachtest? Hat deine Mutter das verboten? Oder ihr Lover?

Ich: Natürlich nicht, aber …

Franzi: Also, ich finde ja, Liv soll es ruhig langsam angehen lassen. Man muss ja nicht gleich am ersten Tag Petting machen.

Ich (wahrscheinlich rot werdend): Schreib dieses fiese Wort bitte nie wieder hin!

Franzi: Warum denn nicht? Und was ist daran fies? Das macht Spaß.

„Menno!", entfährt es mir aus Versehen.

Sonia zappelt heftiger und grunzt. Hoffentlich ist sie nicht aufgewacht.

Ich: Könnt ihr bitte auch mal was schreiben, das nicht mit Knutschen zu tun hat?

„Liv?", tönt es in derselben Sekunde. „Was machst du da? Hast du etwa dein Handy an?"

„Ja, wieso?"

„Es ist megahell im Zimmer! Da kann ich nicht schlafen."

Ich verzichte darauf, Sonia zu erklären, dass ich schon seit einer Stunde wach liege. Und dass die Geräusche, die sie von sich gibt, schuld daran sind.

„Ich mach's ja gleich aus", murmele ich.

Muss Schluss machen, tippe ich. Prinzessin Sonia kann nicht schlafen.

Pauline: Okay. Gute Nacht, Liv.

Franzi: Gute Nacht.

Ich: Buonanotte!

Es raschelt neben mir, dann geht das Licht an und Sonia blinzelt zu mir rüber. „Wieso schläfst du denn nicht?"

„Mach ich ja gleich."

„*Madonna mia!*" Sie richtet sich auf und starrt mich an.

„Was denn?"

„Du bist knallrot! Du hast voll Sonnenbrand!"

Äh, ja, das habe ich auch gerade festgestellt. Kein Grund, so zu tun, als würde ich im nächsten Moment abnippeln.

„Liv, das ist gefährlich!"

„Leg dich wieder hin. Alles gut. Morgen ist er bestimmt wieder weg."

Doch Sonia schlägt das Laken zurück, springt ballettös aus dem Bett und tapst zur Tür.

„Komm!"

„Wohin?"

„KOMM SCHON!"

Jawoll, Madame General, denke ich und folge ihr in die Küche. Es stehen noch die Teller vom Abendbrot auf dem Tisch und auf der Spüle – niemand hatte nach dem leckeren Essen noch Lust, die Küche aufzuräumen.

Sonia reißt den Kühlschrank auf und nimmt einen Topf Quark raus, dann zerrt sie die erstbeste Schüssel aus dem Regal und schnappt sich den Honig, mit dem ich heute Mittag das Dressing verfeinert habe.

„Äh, ich hab aber keinen Hunger", sage ich.

„Schneidest du bitte mal eine Zitrone auf?" Sie deutet auf eine Keramikschale, in der sich ungewöhnlich große Zitronen aneinanderschmiegen. Es sieht aus wie ein Stillleben, viel zu schön, um es zu zerstören.

„Wow, die sind ja gigantisch", sage ich, während Sonia schon den Quark in die Schüssel gibt. „Solche hab ich bei uns noch nie gesehen."

Sie guckt kurz rüber. „Und ich noch nie so einen Sonnenbrand. Aber die Quarkmaske wird dir guttun."

„Ich soll mir das da ins Gesicht schmieren?"

Sie nickt mir zu. „Du sollst nicht nur, du musst. Und auf die Arme und Beine. Überall da, wo es brennt."

Wirklich süß von Sonia, dass sie mitten in der Nacht aufsteht, um eine Anti-Sonnenbrand-Maske für mich anzurühren. Längst vergessen, dass ich sie mir wegen ihrer unpassenden Bemerkung heute Mittag vorknöpfen wollte.

„Was fängt man eigentlich mit diesen Riesenzitronen an?", erkundige ich mich. „Also, von Gesichtsmasken mal abgesehen."

„Och, alles Mögliche. Zitronenmarmelade, Pasta mit Zitronensoße, *limoncello*, das ist ein Likör, Pasta mit Zitronensoße ... Manche essen sie auch als Salat."

Ich reiße die Augen auf. Zitronen als Salat?

„Ich stehe ja nicht so drauf. Der wird mit Pfeffer, Salz und Öl angemacht."

Klingt ziemlich verrückt, aber auch interessant.

Sonia nimmt mir die eine Hälfte der Zitrone aus der Hand und zerquetscht sie über dem Quark, dann verrührt sie alles zu einer geschmeidigen Masse.

„Setz dich mal hier hin."

Sie verfrachtet mich auf einen Küchenstuhl, hebt meine Beine auf einen Hocker, schon landet ein kühler Klacks Quark auf meinen Schultern und Armen. Als Nächstes versorgt sie meine Oberschenkel und Waden, zuletzt kommt mein Gesicht an die Reihe. Sonia cremt, tupft und salbt so behutsam, dass richtig schwesterliche Gefühle in mir hochkommen. Oder das, was ich dafür halte. Denn eigentlich weiß ich ja gar nicht, wie es sich anfühlt, eine echte Schwester zu haben.

„Hast du dich etwa nicht eingecremt?", erkundigt sie sich.

„Ich wollte ja, aber dann hab ich's irgendwie doch vergessen."

Sonia wirft mir einen zweifelnden Blick zu.

„Okay, ich dachte, das bisschen Sonne kann ja nicht schaden." Ich verschweige ihr, dass es mir zu peinlich war, mich vor den knackbraunen Schönheiten am Strand einzuschmieren.

„Schön doof", meint Sonia.

„Findest du?"

„Ja!" Sie lacht auf. „Mit deiner hellen Haut darfst du nur ganz kurz in die Sonne gehen. Oder du musst richtig dick Sunblocker auftragen."

„Ja, Mami", sage ich. „Und wie lange soll das jetzt einwirken?"

Sonia schiebt ihre Unterlippe vor. „Äh, keine Ahnung."

„Du hast das noch nie ausprobiert?"

„Nö."

„Und woher weißt du dann, dass es wirkt?"

„Weil ... keine Ahnung, das weiß man eben."

Jetzt bin ich erst mal baff. Allerdings nur für einen kurzen Moment, denn ein Lockenkopf schiebt sich durch den Türspalt. Das dazugehörige Gesicht ist verschlafen.

„Was treibt ihr denn hier?"

Shit. Muss Angelo mich ausgerechnet so sehen? Ich schätze, die Quarkmaske macht mich nicht gerade attraktiver.

„Liv hat einen schlimmen Sonnenbrand." Sonia wirft ihrem Bruder einen vorwurfsvollen Blick zu, dann zischt sie ihm etwas auf Italienisch zu. Wahrscheinlich meckert sie ihn an, weil er nicht besser auf mich aufgepasst hat.

Angelo kniet sich vor mich hin und stützt sich an meinen mit Quark beschmierten Knien ab. *„Mi dispiace*, Liv", sagt er. Und dann noch einmal auf Deutsch: „Tut mir echt leid."

„Wieso, du kannst doch nichts dafür. Das war die Sonne."

„Ja, aber ich bin trotzdem ein Vollidiot."

„Bist du nicht."

„Bin ich doch!"

Sonia räuspert sich. „Ihr könnt eure *Bist du nicht bin ich doch*-Unterhaltung ja gerne noch weiterführen. Ich geh dann schon mal ins Bett. Liv, ich würde den Quark noch fünf Minuten drauflassen und dann abduschen. Angelo kann dir ja dabei helfen."

Angelo kann mir beim Duschen helfen? Geht's noch?! Ich bin ja wohl immer noch in der Lage, allein zu duschen!

Sonia huscht hinaus und ich gluckse los. „Sieht schlimm aus, oder?"

„Das ist eine Frage des Standpunkts. Ich stehe zufällig auf Quark."

Angelo nimmt meinen Arm und im nächsten Moment spüre ich seine Zunge auf meiner Haut. Ich zucke zurück.

„Was denn? Du schmeckst total gut."

Wir sehen uns an und mein Magenfahrstuhl setzt sich mit Überschallgeschwindigkeit in Bewegung. Alle schlafen und keiner würde irgendwas mitkriegen. Doch dann denke ich, dass es mit dem Quark im Gesicht und überall am Körper vielleicht nicht so prickelnd wäre, und stehe auf.

„Ich glaub, ich geh mal duschen."

„Okay." Angelo streicht mir über die mit Quark beschmierte Schulter.

Gleich fragt er dich, ob er dir helfen soll.

Nein, das traut er sich nicht.

Aber es wäre doch vielleicht ganz lustig.

Nein, das wäre es nicht!

Angelo schleckt sich die Finger ab. Hammer, wie sexy das aussieht!

„Ich freue mich schon auf morgen", sagt er heiser.

„Ich mich auch", sage ich und dann flüchte ich ins Bad.

Hausgemachte Nudeln mit grünem Pesto

Die ersten beiden Tage fühle ich mich, als würde ich ein paar Zentimeter über dem Boden schweben. Einfach nur megahappy. Obwohl mein Sonnenbrand mir noch zu schaffen macht und ich vorerst nur vermummt vor die Tür gehen kann (mit langem Hippierock von Mama und langärmeliger Tunika). Obwohl ich am Strand meine Sachen anlassen muss und die Jugendlichen, allen voran die brutzelbraunen Schönheiten, blöd gucken. Obwohl ich nachts in Sonias stickigem Zimmer kaum ein Auge zutue.

Aber es ist mir egal. Ich bin verliebt, Angelo ist verliebt, und er wird nicht müde, es mir immer wieder zu zeigen. Wenn wir über die Promenade spazieren, legt er seinen Arm um meine Hüfte. Wenn wir in einer Bar sitzen und aufs Meer blicken, hält er meine Hand. Er hält sie auch zu Hause beim Essen unterm Tisch. Wenn wir uns zufällig auf dem Flur oder im Wohnzimmer über den Weg laufen, küsst er mich.

Und zwischen den Songs, die er mir abends auf dem Balkon leise mit seiner Gänsehautstimme vorsingt, sowieso. Nur eins tun wir nicht: auf seinem Hochbett knutschen. Als hätten wir eine stillschweigende Übereinkunft getroffen, damit noch zu warten.

Franzi meint, dass der draufgängerische Teil in mir es unbedingt will, der schüchterne aber nicht. Und dass beide Teile sich einen erbitterten Kampf liefern. Kann sein, dass sie recht hat. Einerseits sehne ich mich so sehr nach Angelo, dass es fast schon wehtut, andererseits fürchte ich mich davor, dass mehr zwischen uns passiert als nur Händchenhalten und aufregende Küsse. Weil ich mich mit diesem *Mehr* nicht auskenne. Und weil nicht mal Pauline, die mir in diesem Punkt meilenweit voraus ist, einen schlauen Rat für mich hat.

Am dritten Tag nehmen Mr Smart, Sonia, Angelo und ich einen frühen Zug nach Genua. Sonia muss zu ihrem Meisterkurs, Angelo hat in der Nähe der Piazza Maddalena einen Termin bei einem Kieferspezialisten, auf den er schon zwei Monate gewartet hat. Mama und ich wollen uns, während Roberto seinen Sohn zum Arzt begleitet, die Stadt ansehen.

Ich ergattere einen Fensterplatz, ein Pfiff ertönt, los geht's. Der Zug quietscht, ruckelt und schaukelt in einem ziemlichen Tempo die Küste entlang. Immer wieder verschwindet er für Minuten in einem Tunnel. Jedes Mal drückt es in meinen Ohren, und ich bin froh, wenn wir wieder ins Tageslicht tauchen.

Je näher wir Genua kommen, desto zugebauter ist die Landschaft. Es geht durch die vielen Vororte, durch den Containerhafen und erst eine ganze Weile später erreichen wir das Zentrum. Arme Sonia. Diese Strecke nimmt sie fast jeden Tag in Kauf, um zu ihrem heiß geliebten Ballettunterricht zu kommen.

„Wir treffen uns um dreizehn Uhr an der Kathedrale", sagt Mr Smart und hält Mama sein Smartphone hin. „Die ist an der Piazza San Lorenzo, ganz in der Nähe vom Porto Antico, dem Hafen. Das könnt ihr kaum verfehlen."

Ich, die Fettnäpfchen-Queen, könnte das schon, aber ich spreche es besser nicht laut aus. Zum Glück ist wenigstens mein Sonnenbrand etwas abgeklungen.

„In Ordnung." Mama zerstrubbelt gut gelaunt Robertos Locken. Ihre Morgenmuffeligkeit ist wie weggeblasen, seit wir in Italien sind.

In einem Pulk von Menschen strömen wir aus dem Bahnhof. Angelo verabschiedet sich von mir, als würde der Kieferorthopäde ihn nicht nur untersuchen, sondern gleich ins Koma befördern wollen. Er umarmt mich, sodass ich fast kaum noch Luft kriege, und beim Küssen schlüpft seine Zunge in meinen Mund.

„Muss Liebe schön sein!" Sonias Gegacker dringt an mein
Ohr und wir fahren auseinander.

„Ja, ist sie auch", entgegnet Angelo lässig. Keine Spur verlegen.

Ich gucke zu Mama, die in sich hineingrinst.

Äh, peinlich. Ich habe gerade vor den Augen meiner Mutter
einen Jungen geküsst!

Mr Smart, Angelo und Sonia winken, dann verschwinden
sie in der Menschenmenge.

Ich stehe etwas belämmert da und muss erst mal verdauen,
dass diese Großstadt nach den zwei Tagen in dem kleinen
Badeort so ungewohnt quirlig ist.

„Lust auf ein zweites Frühstück?", fragt Mama, die einen unfassbar peinlichen Möchtegern-Filmstar-Sonnenhut trägt.

Ich nicke. Seit wir hier sind, haben Mama und ich im Nu
die italienische Art zu frühstücken angenommen. Das heißt,
wir tunken bloß ein paar Kekse in den Kaffee oder bestrei-
chen ein Stück Weißbrot mit etwas Butter und Marmelade,
was eigentlich überhaupt nicht satt macht.

„Und dann kaufen wir dir auch einen Hut", fährt sie fort.

„Bitte nicht", stöhne ich. Es reicht doch schon, dass Mama
mit so einem geschmacklosen Ding herumläuft.

„Aber es gibt so schicke Modelle! Und du wärst endlich vor
der Sonne geschützt."

Schräg gegenüber vom Bahnhof befindet sich eine kleine

Bar. Belegte Brötchen und Sandwiches (die heißen hier *panini* und *tramezzini*), Croissants und andere süße Teilchen türmen sich in der gläsernen Theke. Mhm, allein beim Anblick läuft mir schon das Wasser im Mund zusammen! Mama nimmt ein mit Aprikosenmarmelade gefülltes Hörnchen zum Kaffee, ich bestelle eins dieser winzig kleinen knusprigen Brötchen mit Honig-Senf-Creme, Käse und frischer Feige. Keine zwei Minuten später befindet es sich in meinem Magen. Satt bin ich immer noch nicht. Die Gier auf etwas Herzhaftes ist so groß, dass ich gleich noch ein Brötchen mit scharfer Salami hinterherschiebe. Während ich genüsslich mampfe, notiere ich mir die Zutaten in meinem neuen Rezeptheft.

Mama sieht mich schmunzelnd an.

„Du hast ja einen Appetit für zwei", sagt sie. „Macht das die Liebe?"

„Nein, das macht der Hunger."

Mama mustert mich immer noch. Und grinst, als hätte sie keinen Kaffee, sondern Grinsewasser getrunken.

„Liv, wir sollten mal reden", sagt sie und bestellt sich einen zweiten Cappuccino.

„Worüber denn?" Hoffentlich fängt sie nicht wieder mit dem Thema Sonnenhut und Sonnenbrand an. Ich weiß ja selbst, dass es blöd war, mich einfach so in die Sonne zu knallen. Und es wird auch nicht wieder vorkommen.

„Über dich und Angelo", fährt sie fort und grinst jetzt richtig ballaballa. So einen Gesichtsausdruck hatte sie früher immer, wenn sie einen Lover angeschleppt hat.

„Was ist denn mit uns?"

Ich fühle mich plötzlich ganz zittrig. Passt es ihr aus irgendwelchen Gründen nicht, dass wir zusammen sind? Das wäre mordsungerecht. Oder hat sie sich mit Mr Smart gestritten und will früher abreisen?

„Also, es ist ja nun so", sagt sie kryptisch.

Was soll denn bitte schön das Gedrucke? Kann sie nicht einfach ganz normal mit mir reden? Ich bin doch im Vollbesitz meiner geistigen Kräfte.

„Mama!"

„Angelo und du, ihr seid ja jetzt Tag und Nacht zusammen."

Aha. Langsam ahne ich, woher der Wind weht.

„Häh? Tagsüber bin ich mit Angelo zusammen und nachts mit Sonia."

„Ich wollte dir nur anbieten, dass wir auch hier zu einer Frauenärztin gehen können", fährt Mama fort. „Also, falls du die Pille brauchst."

„Brauche ich nicht." Ich unterdrücke ein genervtes Stöhnen. „Von Sonia kann ich ja wohl kaum schwanger werden."

„Ich meine es ernst, Liv. Ihr könnt natürlich auch Kondome benutzen. Es ist nur so, dass Kondome nicht so sicher sind wie ..."

„MAMA! Bitte!"
Sie verstummt. Allerdings nur für einen Moment, dann sagt sie: „Nicht sauer sein, Liv. Wir müssen doch über solche Dinge sprechen."
„Müssen wir nicht", entgegne ich. „Können wir jetzt los?"
Mama streicht mir über die Schulter, dann nickt sie. „Okay, aber mach bitte keine Dummheiten."
Dummheiten! Denken eigentlich alle Mütter, man hat nur heiße Nächte in der Horizontalen im Sinn, sobald ein toller Typ am Horizont auftaucht? Weil sie selbst Dummheiten machen, sobald ein toller Typ in ihr Leben tritt? Ehrlich, wenn das so weitergeht, pinne ich mir einen Zettel an die Stirn: *Bitte fragt mich nicht nach der Pille. Ich bin noch Jungfrau und möchte es auch noch ein bisschen bleiben.*

Genua – was für eine Wahnsinnsstadt!
Wir laufen auf der stark befahrenen Via XX Settembre Richtung Altstadt und Hafen und ich drücke pausenlos auf den Auslöser meiner Handykamera. Weil ich eigentlich alles fotografieren möchte. Die beeindruckenden Arkaden, durch die wir schlendern, die bunten Mosaiken auf dem breiten Bürgersteig, die gigantischen Stadthäuser, die – anders als in München – von Ruß geschwärzt sind. Elegante Geschäfte

und Bars reihen sich aneinander, dann erreichen wir einen runden Platz, die Piazza de Ferrari. Eine Weile ruhen wir uns an dem großen Brunnen in der Mitte der Piazza aus und bewundern die beeindruckenden Paläste ringsum.

„Ich glaube, da geht's zur Altstadt", sagt Mama und deutet auf das *Teatro Carlo Felice*, das links von uns liegt.

Wir zuckeln weiter und tauchen bereits eine knappe halbe Stunde später in das quirlige Hafenviertel ein. Hier sind die Geschäfte weniger schick und teuer, dafür gibt es unzählige Boutiquen, Souvenirgeschäfte, Lebensmittelläden und Snackbars. Es gefällt mir, durch die engen Gassen zu flanieren, mal hier ein Paar Schuhe anzuprobieren, dort ein T-Shirt in die Hand zu nehmen oder die etwas heruntergekommenen Häuser zu fotografieren.

In einem Café machen wir halt und trinken eine Schorle. Während ich bloß dasitze und meine dampfenden Füße von mir strecke, telefoniert Mama mit ihrer Freundin Anett. Einmal am Tag meldet sie sich bei ihr und fragt nach, ob im *Café Karamell* auch alles nach Plan läuft.

Gerade mal zwei Stunden bin ich von Angelo getrennt und schon freue ich mich wie verrückt auf ihn. Wie das wohl erst sein wird, wenn wir in knapp zwei Wochen wieder abreisen? Ich fürchte, ich bin nicht besonders gut darin, Herzschmerz und Sehnsucht auszuhalten.

Mein Handy piept. Eine Nachricht von Angelo.

Miss you!, schreibt er und mein Herz geht auf wie eine Wüstenblume nach dem Regen. Wenn das keine Gedankenübertragung war!

Mama hat gerade ihr Gespräch beendet und lächelt mich an.

„Hat er dir was Nettes geschrieben?"

Ich nicke.

„Ich freu mich so für dich", sagt sie. „Also, dass du und Angelo ... Ich hätte ja nie gedacht, dass das mal passiert."

„Und warum nicht?"

Ein ziemlich fieser Hintergedanke schleicht sich an. Dass Angelo so schön ist und ich eben nur ganz normal aussehe und kein Mensch auf die Idee käme, dass sich ein Adonis wie er in eine Miss Allerwelt wie mich verlieben könnte.

„Na, überleg mal! Du konntest Roberto am Anfang nicht ausstehen." Mama gluckst leise in sich hinein. „Und Sonia und Angelo schon mal gar nicht."

Oh ja, das stimmt. Was aber auch daran lag, dass Mama mich mit ihrem neuen Lover und den Zwillingen regelrecht überfallen hat und ich gar keine Chance hatte, mich auf die neue Situation einzustellen.

„Eigentlich schade, dass wir nur so kurz hier sind", sage ich.

„Ja, das finde ich auch. Aber das Café ..." Sie zuckt bedauernd mit den Schultern.

Ich weiß. Mama kann ihre Freundin nicht wochenlang mit der Arbeit alleine lassen.

„Und danach?", taste ich mich behutsam vor. „Ich meine, wie soll es nach den Ferien weitergehen?"

„Lustig. Roberto und ich haben erst letzte Nacht darüber geredet. Wir konnten beide nicht schlafen."

„Und?" Mein Herz schlägt schneller.

Mamas Blick folgt der Kellnerin, die sich mit einem übervollen Tablett zwischen den Tischen hindurchzwängt. „Er ist noch unentschieden. Es ist schon ein ziemlicher Schritt, sein altes Leben komplett aufzugeben. Da muss man sich wirklich sicher sein."

Ich nicke und spüre einen Kloß im Hals. Das klingt jetzt nicht besonders vielversprechend. Sich ein Zusammenleben als Patchworkfamilie auszumalen ist anscheinend einfacher, als es dann auch in die Tat umzusetzen.

„Versteh mich nicht falsch, Roberto würde gerne zu uns nach München kommen. Angelo ja wohl auch, aber ..." Mama mustert mich mit schmalen Augen. „Sonia ist das Problem."

Ich weiß. Sonia und ihre Ballettschule. Die wird sie niemals aufgeben. Obwohl es in Deutschland garantiert genauso gute, wenn nicht sogar bessere Schulen gibt.

„Liv, ich glaube, wir müssen uns einfach noch ein bisschen beschnuppern und schauen, wie ernst es uns wirklich ist, hm?"

Mir ist es ernst. Sehr ernst sogar. Und ich würde es nicht

ertragen, nur eine Ferien-Knutsch-Beziehung mit Angelo zu führen.

„Ich geh mal zahlen", unterbricht Mama mein Gedankenkarussell und verschwindet im Inneren des Cafés.

Ich verstaue mein Handy im Rucksack, dann trödele ich vor dem Schaufenster des Hutladens nebenan herum und spüre dem Stein nach, der es sich dummerweise in meinem Magen gemütlich gemacht hat. Wie soll ich die Zeit hier nur genießen können, wenn wir uns bald sowieso wieder trennen müssen? Das ist doch Folter!

Mama kommt zu mir und zerrt mich zielstrebig ins Geschäft. „Oh no!", stöhne ich noch, da hat sie aus dem riesigen Warenangebot bereits einen Hut geschnappt und hält ihn mir hin. Es ist eine Art Herrenhut in einem hellen Beigeton mit geblümter Krempe. „Setz ihn mal auf, der steht dir bestimmt gut."

„Äh, nee", widerspreche ich automatisch. Das tue ich immer, wenn Mama mir etwas aufschwatzen will. Selten haben wir den gleichen Geschmack. Bei mir muss alles schlicht und unauffällig sein; Mama mag es mit ihren Miniröcken und den scharfen Glitzer-Oberteilen eher sexy. Aber dieser strenge Hut mit den Blümchen sieht schon ziemlich cool aus, das muss ich zugeben.

„Bitte, Liv. Ich will nur mal gucken."

„Okay", sage ich und füge mich in mein Schicksal.

Eine etwas ältere, ziemlich ernste Liv blickt mir im Spiegel entgegen.

„Wie hübsch!", ruft Mama. „Der Hut macht dich so reif und erwachsen. Oh bitte, darf ich ihn dir schenken?"

Sie hat recht, Liv, du siehst echt toll aus.

Mach ich mich so nicht lächerlich?

Du machst dich lächerlich, wenn du das Geschenk ausschlägst.

Als dann auch noch der Verkäufer hinzukommt, die Hände in die Luft wirft und *bravo!* ruft, nicke ich und bedanke mich bei Mama mit einem Küsschen. Schon klar, im Grunde ihres Herzens meint sie es ja nur gut mit mir. Und auch ihr Angebot, mit mir über Verhütung zu sprechen, ist eigentlich lieb von ihr. Von ein paar Mädchen aus meiner Klasse weiß ich, dass die überhaupt nicht mit ihren Eltern reden können. Also, über die wirklich wichtigen Dinge im Leben. Da tut es gut zu wissen, dass ich immer zu Mama kommen kann, falls es mal brennt.

Mr Smart und Angelo warten bereits an der Kathedrale, als Mama und ich mit ein paar Minuten Verspätung angehastet kommen. Angelo grinst übers ganze Gesicht, als er mich erblickt, dann stürzt er auf mich zu und umarmt mich, als hätten wir uns zuletzt vor der Französischen Revolution gesehen. Und die war 1789. Es ist mir egal, dass ich nicht verstehe, was er auf Italienisch in mein Ohr flüstert. Es klingt so warm und liebevoll, dass Glücksbäche durch mich hindurchrieseln.

Mr Smart räuspert sich und Angelo lässt wieder von mir ab. „Sieht toll aus", sagt er. „Der Hut, meine ich. Also, du mit dem Hut."

„Findest du wirklich?"

„Nein, der Hut mit dir." Er lacht und gibt mir ein Küsschen auf die Nasenspitze. „*Pomodoro.*"

Mit dem Spitznamen neckt er mich jetzt öfter. Mein Tomaten-T-Shirt scheint ihn nachhaltig beeindruckt zu haben.

„So, ihr zwei Turteltauben. Wollt ihr weiter turteln, den Dom besichtigen oder essen gehen?"

„Essen gehen", sagt Angelo wie aus der Pistole geschossen, und ich nicke, als hätte ich einen Wackelkontakt im Kopf. Erstens habe ich schon wieder Appetit, zweitens stapeln sich die Touristen auf den Treppenstufen der Kathedrale. Ich mag mir nicht ausmalen, wie voll es erst drinnen sein mag.

Wir laufen die Fußgängerzone Richtung Hafen, dann schlagen wir uns rechts in eine kleine Gasse. Aus dem Ecklokal weht mich köstlicher Pizza-Duft an, aber Mr Smart dirigiert uns weiter. Nach ein paar Metern taucht seine Lieblings-Pasta-Bar auf der linken Seite auf. Wir studieren die draußen angebrachte Karte und ich staune. Es gibt unzählige hausgemachte Nudelsorten mit verschiedenen Soßen. Grünes Pesto, Walnusssoße, Trüffelbutter und Pecorino, Tomatensoße und vieles mehr. Die billigste Pasta kostet drei Euro fünfzig, die teuerste acht. Dafür bekommt man in München gerade mal eine halbe Semmel mit einer welligen Käsescheibe!

In der Bar ist es heiß und voll. Italiener, die nur schnell etwas essen wollen, warten in einem Pulk am Tresen. Stimmen schwirren durcheinander, es wird gedrängelt, geschoben und geschimpft. Hierher verirren sich anscheinend keine Touristen.

Mama und ich besetzen vier Plätze an der Fensterfront, Roberto und Angelo bestellen das Essen. Ich musste nicht lange überlegen. Seit ich angekommen bin, freue ich mich darauf, endlich das echte *Pesto alla Genovese* zu probieren, das hier in Ligurien seinen Ursprung hat.

Während wir schon einen Schluck Wasser trinken und salziges Gebäck knabbern, das man in einem Körbchen dazubekommt, allerdings extra bezahlen muss, erzählt Roberto mit Sorgenfalten auf der Stirn, dass der Kieferchirurg Angelo zu einer Zahnspange geraten habe.

„Aber Angelo hat doch eigentlich perfekte Zähne!", entrüstet sich Mama.

„Ja, schon, aber sein Kiefer ist zu klein. Es könnte sein, dass er später mal Probleme bekommt."

Angelo blickt mich zerknirscht an. „Fändest du das schlimm? Also, wenn ich eine Zahnspange trage?"

„Was denkst du eigentlich von mir?", sage ich ihm leise ins Ohr. „Natürlich nicht." Ich hatte meine schon mit dreizehn, doch ich kenne etliche Leute, die immer noch mit einer Zahnspange herumlaufen. Sogar unser Mathelehrer hat eine und der ist schon über vierzig.

„Und? Lasst ihr's machen?", will Mama wissen.

Roberto zuckt mit den Achseln. „Das muss Angelo selbst entscheiden."

Der Lautsprecher knötert und eine Stimme quäkt: „*Quaranta-due!*"

Angelo und Mr Smart springen auf, um unser Essen zu holen. Meine Nudeln sind dick mit Parmesan bestreut und sehen so megalecker aus, dass ich sofort probieren muss. Meine Geschmacksknospen jubilieren und mein Zentralhirn vermeldet: weiteressen!

„Wieso schmeckt das hier so viel besser als bei uns in Deutschland?", frage ich Roberto kauend.

Eigentlich ist ein Pesto, das ja nur aus viel frischem Basilikum, Pinienkernen, Parmesan und Olivenöl besteht, keine große Sache. Man muss nicht mal den Herd anwerfen, sondern steckt alles in den Mixer. Selbst meine kulinarisch vollkommen unbegabte Mutter könnte das hinbekommen.

„Das fängt schon beim Basilikum an", meint Mr Smart und probiert seine Pasta mit Nuss-Soße. „Das hat hier richtig viel Sonne abbekommen. Und man muss sehr gute Pinienkerne nehmen. Klar, und die hausgemachten Nudeln schmecken natürlich auch besser als die aus der Packung."

Satt und zufrieden schlendern wir nach dem Essen durch die breite Fußgängerzone. Angelos Hand schummelt sich in meine und ich schmiege mich an ihn. Er erwidert den Druck mit seiner Schulter, und es kommt mir vor, als würden sich unsere Körper miteinander unterhalten.

Ich mag dich.

Und ich dich erst!

Dann komm ruhig näher.

Ist dir nicht zu heiß?

Nein! Ich will, dass du ganz nahe bei mir bist.

Roberto bleibt vor einem Laden mit Küchenmöbeln stehen und scannt die Auslagen.

„Wie findet ihr die?", fragt er und deutet auf eine weiße Küchenzeile vor einer schlammbraunen Wand.

„Bisschen steril", meint Mama.

„Und die Wandfarbe?"

„Sieht aus, als hätte jemand Milchkaffee drübergekippt", sage ich. Klar, ich bin ja auch Spezialistin für Küchenmissgeschicke.

Alle lachen, dann meint Mr Smart, dass Angelo und er sich

uneins seien, wie sie die Küche streichen sollen. „Ich bin für Hellgelb, Angelo will lieber Hellblau."

„Und Sonia?", frage ich.

„Pink!" Angelo verzieht das Gesicht. „Das kommt aber nicht infrage! Da wird einem ja jeden Tag schlecht."

„Und wenn ihr halbe, halbe macht?", schlage ich vor. „Zwei Wände hellblau, zwei hellgelb?"

Roberto mustert mich verblüfft. „Gar keine schlechte Idee. Was meinst du, Angelo?"

„Das ist genial." Er beugt sich zu mir rüber und gibt mir einen Schmatzer auf die Wange. „Liv ist genial."

Er übertreibt maßlos.

Na und? Tut aber trotzdem gut zu hören.

Hauptsache, du hebst nicht gleich ab.

Kaum gedacht hebt mich Angelo hoch und wirbelt mich herum.

Es ist der perfekte Tag. Jede Minute, ja Sekunde bin ich einfach nur megahappy. Warum kann es nicht immer so sein? Warum passieren auch immer blöde Dinge? Und das meistens dann, wenn man am allerwenigsten damit rechnet?

Als wir nach einem ausgedehnten Bummel durch den Hafen zum Bahnhof kommen und die Treppe zum Gleis sechs hochstiefeln, hockt Sonia wie ein Häufchen Elend auf einer Bank. Mit einer Plastikschiene am linken Fuß, die ihr ein Notarzt angelegt hat. Sie ist bei einem Sprung falsch aufgekommen und hat jetzt wahnsinnige Schmerzen. Aus der Traum von ihrer Meisterklasse.

Arme Sonia!

Roberto drückt sie an sich, Mama nimmt sie in den Arm, Angelo streichelt ihre Wange und auch ich tätschele unbeholfen ihre Schulter. Und dann sage ich das Blödeste, was man in so einer Situation sagen kann: „Wird schon wieder."

„Ja, in ein paar Wochen vielleicht", erwidert sie und ihre dunklen Augen funkeln. „Aber dann ist die Sommerakademie längst vorbei!"

Im nächsten Moment läuft der Zug ein, und mit dem flauen Gefühl, dass der wunderschöne Sommertag gerade eine ultramiese Wendung genommen hat, steige ich ein.

Zuppa di cozze

Sonia leidet. Und als müssten wir alle mitleiden, lässt sie uns (und besonders mich) ihre schlechte Laune deutlich spüren. Auf einmal nervt es sie, dass ich meine Sachen in ihren Schrank geräumt habe und dass die Matratze, auf der ich schlafe, dicht neben ihrem Bett liegt. Wahrscheinlich stört sie meine bloße Anwesenheit. Aber ich kann mich nun mal nicht in Luft auflösen. Zu Angelo umziehen will ich nicht. Das geht mir irgendwie zu schnell.

Die Nacht überstehe ich nur, indem ich regungslos daliege. Ehrlich, ich bewege nicht mal den kleinen Zeh. Am nächsten Morgen schnappe ich mir gleich nach dem Aufwachen ein luftiges Sommerkleid, meinen Hut und meine Badesachen, dann mache ich mich in einer Blitzaktion im Bad fertig. Zähne putzen, etwas Wasser ins Gesicht spritzen, Sonnencreme auftragen, Haare zum Zopf zusammenbinden. Angelo und ich wollen die Morgenstunden nutzen, um an den Strand zu gehen. Weil er später in der Eisdiele arbeiten muss und Mama, Roberto, Sonia und ich mit Mr Smarts Schwester in der *Trattoria Stella* verabredet sind.

Ich bin megagespannt auf die Badestelle, wo sich Touristen, aber auch die Jugendlichen aus dem Ort angeblich nur selten hin verirren. Der Sand soll herrlich weich sein, nirgends Steine, die sich in die Fußsohlen bohren, und es gibt Schattenplätze, was Angelo in seiner Fürsorglichkeit besonders wichtig ist.

Ähm, Liv?

Ja?, frage ich mein müdes Morgengesicht.

Jetzt gesteh dir endlich mal ein, warum du wirklich an diesen Strand gehen willst.

Häh? Keine Ahnung, wovon du sprichst.

Du könntest dort mit Angelo knutschen. Zu Hause traust du dich ja nicht. Weil du dauernd Angst hast, er könnte aufs Ganze gehen wollen.

Also, ehrlich, du spinnst ja wohl!

Und warum druckst du dann immer so rum, wenn er dir in seinem Zimmer ein Lied vorspielen will? Warum zerrst du ihn jedes Mal auf den Balkon, als wärst du die totale Frischluftfanatikerin? Ich kann dir genau sagen, wieso. Du willst der romantischen Situation ausweichen.

Es klopft leise an die Tür. „Liv? Bist du fertig?"

„*Si, subito!*", antworte ich und mache auf.

Angelo steht in abgeschnittenen Jeans und weißem T-Shirt da und sieht einfach nur hinreißend aus.

Eilig trinken wir in der Küche einen Kaffee mit Milch und essen ein Stück Brot mit Butter und Zitronenkonfitüre, dann radeln wir auf zwei zerbeulten Rädern, die Angelo schon gestern aus dem Keller geholt hat, los.

Was für ein genialer Morgen! Es ist warm, aber nicht zu heiß, nur ein paar vereinzelte Schäfchenwolken kuscheln am Himmel miteinander, und vom tuschkastenblauen Meer her weht ein angenehmes Lüftchen.

Wir flitzen über die Promenade und überholen eine Gruppe Jogger, dann geht es ein Stück die Via Aurelia entlang, bevor wir an einem verfallenen Haus anhalten, um unsere Räder über einen Schotterweg zum Meer zu schieben. Angelo hat mir nicht zu viel versprochen. Wie fast überall in Ligurien ist der Strand schmal, doch der feine Sand sieht aus wie frisch gesäubert und gekämmt. Drei kleine Palmen mit dicken Stämmen laden dazu ein, die Handtücher im Schatten auszubreiten.

„Sonia ist seit gestern unausstehlich", sage ich und pelle mich aus meinen Jeansshorts und dem Tomaten-T-Shirt. Nur eine ältere Frau zieht ihre Bahnen im Wasser, sonst sind wir ganz allein.

Angelo dreht sich auf den Bauch und blickt mich an.

„Klar. Sie hat sich so lange auf die Meisterklasse gefreut."

„Ja, ich weiß. Aber deswegen muss sie doch nicht ihre Stinklaune an uns auslassen."

Angelo ächzt. „Ich kenne sie ja nicht anders. Aber sie meint es nicht so."

Ich sage nichts weiter dazu. Was denn auch? Soll das etwa eine Entschuldigung sein?

„Gib ihr ein bisschen Zeit. Sie wird sich schon wieder einkriegen."

Hoffentlich muss ich nicht allzu lange darauf warten. Ich stelle es mir nämlich ziemlich anstrengend vor, mit einer dauerhaft schlecht gelaunten Sonia das Zimmer zu teilen.

Ich fische im Seitenfach meines Rucksacks nach der Sonnencreme. Angelo kommt mir zuvor und hält die Tube wie eine Trophäe hoch.

„Soll ich dich eincremen?"

„Von mir aus", sage ich und wälze mich auf den Bauch.

Ich gebe mich zwar cool, doch in mir herrscht Prickel-Alarm. Noch nie zuvor hat mich ein Junge eingecremt, und dass Angelo es machen will, ist schrecklich aufregend. Ein kühler Klacks Creme landet auf meinem Rücken und ein Duft von Sommer und Meer steigt mir in die Nase. Ich bekomme eine Gänsehaut.

Mit langsamen, kreisenden Bewegungen verteilt Angelo die Creme auf meinem Rücken. Er streicht über die Schulterblätter, massiert meinen Hals, die seitlichen Partien und den unteren Rücken. Er tut dies so zärtlich und behutsam, dass es von den Haarwurzeln bis zu den Fußsohlen zu kribbeln beginnt.

„Gut so?"

„Mhm", mache ich und versuche mich zu entspannen.

So etwas Schönes habe ich noch nie gefühlt, von den Angelo-Küssen mal abgesehen. Am Bund meiner Bikini-Hose macht er halt.

„Auch die Beine?", fragt er und seine Stimme klingt plötzlich kratzig.

„Ja, kann ich aber selbst machen. Ist vielleicht einfacher."

„Quatsch", sagt Angelo und lacht leise.

Aus dem Augenwinkel sehe ich, wie er zu meinen Füßen robbt und etwas Creme zwischen seinen Handflächen verreibt.

„Aber ich bin kitzelig."

„Richtig schlimm?", fragt er und berührt meine Fußsohlen.

Ich halte es eine Sekunde aus, dann kugele ich mich kreischend auf den Rücken. Egal, dass ich jetzt wie paniert aussehe.

Angelo wirft sich auf mich, wir raufen unter albernem Gegluckse, Küsse prasseln auf meinen Hals, sodass ich kaum noch Luft kriege, da kreischt plötzlich eine weibliche Stimme: *„Angelo? Tutto a posto?"*

Wir fahren ertappt auseinander. Bloß zwei Meter von uns

entfernt steht ein Mädchen in einem pinkfarbenen Walle-walle-Kleidchen und mit hellblondem Dutt auf dem Kopf.

Ich sterbe, das ist die knusprige Blondine! Die Tussi, von der Angelo Abertausende Fotos auf seinem Handy hat!

Sicher, Liv?

Ja, todsicher!

Aber warum taucht die ausgerechnet jetzt auf?

Kann ich vielleicht hellsehen? Frag mich lieber, warum es keine Fernbedienung gibt, um die Tussi wegzuschalten!

Angelo ist bereits aufgesprungen. Er begrüßt die knusprige Blondine mit Küsschen rechts, Küsschen links, dann sagt er auf Englisch, indem er auf das panierte Wesen im Sand (also mich) deutet: „Das ist Liv."

„Hi!" Die Blondine hebt die Hand und quietscht: „Chiara. *Nice to meet you.*"

„*Thank you, it's very nice to meet you as well*", erwidere ich etwas steif und wische hektisch den Sand von meinen Schultern. Das ist natürlich eine Lüge. Ich will die Tussi in Pink gar nicht kennenlernen. Aber was hätte ich denn sonst sagen sollen? *Schön dich kennenzulernen, aber besser, du machst gleich wieder die Düse?* Oder: *Zisch ab, das ist mein Revier?* Oder: *Könntest du jetzt bitte wieder gehen? Angelo und ich wollten gerade knutschen? Und im Übrigen wäre es schön, wenn du ihm keine Fotos mehr von dir schickst, die er dann für immer und ewig auf seinem Handy hat?*

„Sorry, ich muss mal kurz mit ihr reden", sagt Angelo.

„Ja, mach das", krächze ich und strecke mich wieder auf dem Handtuch aus.

Ich rolle mich auf den Bauch und spähe unter meiner Armbeuge hindurch. Schulter an Schulter sitzen die beiden da und quatschen. Ein bisschen zu sehr Schulter an Schulter. Und für meinen Geschmack unterhalten sie sich auch zu angeregt. So als hätten sie sich ebenfalls zuletzt vor der Französischen Revolution gesehen und müssten jeden Tag, den sie nicht zusammen gewesen sind, in allen Einzelheiten durchkauen. Die Minuten vergehen, aber Angelo rührt sich nicht vom Fleck. Das hier ist nicht *kurz reden*, das ist *lange reden*, EXTREM lange! Von Sekunde zu Sekunde grummelt es mehr in meinem Magen. Wie kann er mir das nur antun? Kaum taucht diese blonde Chiara auf, bin ich abgemeldet? Das ist nicht fair.

Mit dem Zeigefinger male ich ein Herz in den Sand, um es gleich darauf wieder zu zerstören. Nein, Angelo, nicht mit mir! Ich richte mich auf und klopfe mir den Sand ab. In einer halben Stunde muss ich sowieso in der Trattoria sein, und wenn Angelo zu seinem Job in der Eisdiele zu spät kommt, ist mir das auch egal.

Gerade fische ich nach meinen Sandalen, als er auf mich zusteuert. Diese Chiara winkt noch einmal kurz in meine Richtung und stakst in die andere Richtung davon.

„Tut mir leid, hat ein bisschen länger gedauert", sagt er und gibt mir ein so zärtliches Küsschen auf den Mund, dass ein Teil in mir dahinschmilzt. Der andere Teil ist immer noch extrem beleidigt.

Er fischt sein Handy aus der Tasche seiner Badeshorts und wirft einen Blick darauf.

„Oh, shit, ich muss mich ja beeilen!"

So ist das eben, wenn man sich mit knusprigen Blondinen verquatscht.

Wir sammeln unsere Sachen ein und brechen auf. Im Eilschritt geht es zu den Fahrrädern, dann düsen wir über die Promenade in Richtung Ortskern. Mal radeln wir nebeneinander her, mal übernimmt Angelo die Führung und bahnt uns einen Weg durch die flanierenden Urlauber. Die ganze Zeit warte ich darauf, dass er sich zu Chiara äußert, sich irgendwie erklärt oder noch mal entschuldigt, doch kein Ton kommt über seine Lippen.

Er hat was vor dir zu verbergen. Da sagt er lieber gar nichts, statt sich noch zu verplappern.

Knappe fünfzehn Minuten später erreichen wir die *Trattoria Stella*, die in einer autofreien Straße parallel zur Promenade liegt. Angelo gibt mir wie immer ein Küsschen, krault sanft meinen Nacken und sagt, wie sehr er sich auf heute Abend freuen würde. Im nächsten Moment schwingt er sich auf den klapprigen Drahtesel und fährt winkend davon.

Köstliche Essensdüfte steigen mir in die Nase, als ich die Trattoria betrete. Mama, Roberto und Sonia stehen mit einer Frau mit lockigem Pagenkopf am Tresen. Mr Smart winkt mich heran und ich steuere auf das Vierergrüppchen zu.

„*This is Liv, Julia's daughter*", sagt Mr Smart und legt für einen Moment seinen Arm um mich.

„*Hi Liv! I'm Stella.*" Die Frau begrüßt mich mit Wangenküsschen. Sie sieht total sympathisch aus und riecht nach einem frischen zitronigen Duft. Schade, dass Sonia nicht so ein Parfüm benutzt. „Roberto meinte, du kannst sehr gut kochen", fährt sie auf Englisch fort. „Und besonders italienische Gerichte."

„Na ja", wiegele ich ab. „Ich lerne noch."

Sie lacht mich offen an. „Nur keine falsche Bescheidenheit. Auf Robertos Urteil kann man sich verlassen."

Stella führt uns durch den Gastraum an der Küche vorbei auf die Terrasse, die mit üppigen Margeriten und Oleander begrünt ist. Ich verliebe mich auf der Stelle in die hellblauen Tische und Bistrostühle, die mit cremefarbenen Sonnenschirmen überdacht sind. Sollte ich später selbst ein Lokal haben und dieses rein zufällig am Meer liegen, würde ich es ganz genauso einrichten!

„Wo möchtet ihr sitzen?", fragt Stella.

Es ist zwar schon ein Uhr durch, doch es sind erst wenige Plätze belegt.

Ich blicke mich um und deute auf den einzigen Tisch, der im Schatten eines Orangenbaums steht. Satte Früchte leuchten orange im Blattgrün und ich mache schnell ein Foto davon. Für Pauline und Franzi, die mir sonst nicht glauben werden, dass ich unter einem echten Orangenbaum zu Mittag gegessen habe.

Sonia humpelt auf einen Stuhl zu, lässt sich unballerinenhaft hineinfallen und zückt sofort ihr Handy. Seit sie sich verletzt hat, bilden sie und ihr Smartphone eine Symbiose. Die Arme! Aber ich kann sie auch verstehen. Es muss für sie der Mega-Gau sein, auf das Training in der Sommerakademie zu verzichten.

„Also", sagt Stella und strahlt Mama und mich an. „Als Vorspeise haben wir heute eine *torta di biete e carciofi*, als ersten Gang *linguine alle acciughe e pinoli* oder eine *zuppa di cozze*. Als Hauptgang *coniglio in umido* und zum Nachtisch frisch gebackene *canestrelli* und *tiramisu*." Sie lacht glockenhell. „Ich hoffe, es ist was für euch dabei."

Ehrlich gesagt habe ich kaum etwas verstanden. Außer dass es *linguine* gibt – das ist eine Nudelsorte –, Tiramisu, Torte und Suppe mit irgendwas, das – ähm – wie Kotze klingt. Der Rest ist einfach nur an mir vorbeigerauscht.

Essengehen ist in Italien so eine Sache. Von Mr Smart weiß

ich, dass man nicht nur ein Gericht bestellt, sondern gleich mehrere. Vorweg nimmt man *ein antipasto* (also eine Vorspeise), danach ein *primo* (das ist ein Nudelgericht, eine Suppe oder ein Risotto). Im Anschluss gibt es ein *secondo* (das ist Fleisch oder Fisch mit einer Gemüsebeilage, die man allerdings extra bestellen muss) und zum Nachtisch ein *dolce* (also eine Süßspeise). Das klingt nach ziemlich viel und ist auch ziemlich viel. Obgleich die einzelnen Portionen kleiner sind als bei uns in Deutschland.

Mama sieht mich ratlos an. Obwohl sie seit Kurzem die Sprache ihres Herzallerliebsten mit einer Smartphone-App lernt, hat sie wohl nur Bahnhof verstanden.

Roberto lacht. „Ich glaube, ich muss mal übersetzen."

Wir nicken.

„*Torta di biete e carciofi* ist eine salzige Mangold-Artischocken-Torte. In der Soße des Nudelgerichts sind Sardellen, ligurische Oliven, Kapern und geröstete Pinienkerne. Wer gerne herzhaft isst, mag das sicher. Und dann, ganz großes Kino, *zuppa di cozze*, das sind Miesmuscheln im Sud."

„Kotze heißen auf Deutsch Muscheln?", frage ich nach, während Sonia wie blöde loskichert.

„Ja, aber man schreibt das Wort mit c und zwei zz, also *cozze*." Mr Smart erklärt, dass man Miesmuscheln nur selten bekommt, dass Matteo aber welche auf dem Fischmarkt ergattert hat. „Als Hauptgang gibt es geschmortes Kaninchen.

Und zum Dessert selbst gemachte *canestrelli*, das sind diese leckeren mürben Kekse, die es hier überall zu kaufen gibt. Aber die von Matteo sind Weltspitze."

Mr Smart blickt fragend in die Runde.

„Ich nehme die *cozze*", sage ich mutig.

„Sicher?" Sonia gluckst leise.

„Warum denn nicht?"

„Weil Muscheln ... also, wenn man sie nicht kennt, ein bisschen gewöhnungsbedürftig sind."

„Das stimmt doch so nicht, Sonia", brummt Mr Smart.

„Das sagt genau der Richtige! Du hattest ja schon welche in der Muttermilch." Wieder kichert sie, was ich als gutes Zeichen werte. Vielleicht verabschiedet sie sich langsam wieder von ihrer ultraschlechten Stimmung.

Ich bin immer ganz wild darauf, neue Gerichte auszuprobieren. Die Nudeln sind bestimmt lecker, aber die Miesmuscheln im Sud klingen viel interessanter. Nur das Kaninchen kommt gar nicht infrage. Da tun mir die süßen Tiere leid.

Mama und Sonia entscheiden sich für die Pasta, Roberto und seine Schwester für die Mangold-Artischocken-Torte.

„Und ein paar Vorspeisen für uns alle?", erkundigt sich Stella.

Mama und ich schütteln die Köpfe. Es ist einfach zu heiß, um mehr als ein Gericht zu verdrücken. Auch Roberto und Sonia lehnen ab.

Während wir aufs Essen warten, mache ich mir in meinem Rezeptheft Notizen. Das lenkt mich davon ab, dass ich immer noch auf Angelo sauer bin. Egal, was er mit der knusprigen Blondine zu bereden hatte, er hätte mich ruhig dazubitten können. So habe ich mich total ausgeschlossen gefühlt. Mama und Roberto unterhalten sich leise, Sonia klickt auf ihrem Handy herum, und ich grummele in mich hinein.

Es dauert nicht lange und der Koch bringt uns höchstpersönlich das Essen an den Tisch. Matteo sieht genauso aus, wie ich mir einen echten Koch vorstelle: mächtiger Bauch, verschmitzt lächelnd, in nicht mehr ganz weißer Kochjacke und mit einer Kochhaube auf der Glatze. Beim Servieren hilft ihm ein hoch aufgeschossenes Mädchen mit aschblondem Pixi-Cut und schwarz umrandeten Augen. Sie sieht richtig cool aus in ihrer Jeanslatzhose und dem gebatikten Shirt.

„Die *linguine* hat gemacht Valentina", sagt der Koch und zeigt auf das Mädchen. „Ich nur bisschen beim Abschmecken helfen."

Mama und ich wechseln einen überraschten Blick.

„Woher können Sie so gut Deutsch?", will Mama wissen.

„Ich nix gute Deutsch. Viel vergessen. Ich habe früher in Ristorante in Düsseldorf gearbeitet. Aber Valentina kann gut Deutsche. Sie hat deutsche Sprache von ihrer Mutter gelernt." Er lächelt sie an, doch sie verzieht nicht mal die Miene. Der scheint wohl eine Laus über die Leber gelaufen zu sein.

Matteo wünscht uns einen guten Appetit, dann zuckeln die beiden wieder ab.

„Ist das seine Tochter?", frage ich wieder auf Englisch und scanne neugierig die länglich-ovalen, blauschwarzen Muschelschalen, die sich im tiefen Teller im Sud türmen. Sie klaffen einen Spalt auf, was ein bisschen unheimlich aussieht.

„Nein, Valentina ist unsere Küchenhilfe", erklärt Stella.

„Will sie später auch mal Köchin werden?"

Stella zuckt mit den Schultern. „Sie muss zuerst schauen, wie es überhaupt mit ihr weitergeht."

„Nun iss doch erst mal", sagt Mama zu mir und wickelt etwas ungeschickt ein paar *linguine* um die Gabel.

Gute Idee. Ich probiere erst den Sud und bin überrascht, wie würzig er schmeckt. Echt köstlich! Dann lade ich eine Muschel auf den Löffel und starre sie an.

„Soll ich dir zeigen, wie das geht?", flüstert Sonia mir ins Ohr. Ich nicke ihr zur.

Blitzschnell schnappt sie sich eine Muschel und zieht mit ihrer Gabel das Muschelfleisch aus dem offenen Spalt. Schwupp, verschwindet das Ding in ihrem Mund und sie hält mir die leeren Muschelschalen hin.

„Die kannst du jetzt als Zange benutzen, für die anderen."

„Ganz wichtig, Liv", schaltet sich Mr Smart ein, „immer nur die Muscheln essen, die sich von alleine geöffnet haben. Die geschlossenen könnten verdorben sein."

Ich bin ziemlich geschickt darin, das Fleisch bei der nächsten Muschel herauszulösen, doch dann baumelt das wabbelige Etwas vor mir und sieht nicht sehr lecker aus. Ich wünschte, ich hätte auch die *linguine* genommen.

„Nur zu!" Roberto lächelt mir aufmunternd zu und ich lasse den kleinen Happen in meinen Mund flutschen. Eine Weile kaue ich darauf herum und überlege, wie ich den Geschmack finden soll. Ich komme zu dem Schluss: Kann man essen, muss man aber nicht.

„Ich sehe schon, Muscheln sind nicht so deins." Roberto grinst mich etwas verunglückt an.

„Doch, schmeckt schon lecker", druckse ich, weil ich mir nicht die Blöße geben will. „Aber vielleicht nicht unbedingt heute. Ähm, bei der Hitze."

„Gut, dann tauschen wir."

Bevor ich etwas entgegnen kann, zieht mir Mr Smart den Teller weg und schiebt mir seine Pasta herüber.

Uff, bin ich erleichtert. Weil ich plötzlich doch ziemlich hungrig bin, mit Sicherheit aber nicht mehr als zwei oder drei Muscheln runtergebracht hätte.

Das Nudelgericht ist ein Traum! Die salzigen Sardellen sorgen gemeinsam mit den würzigen Oliven, den Kapern und den angerösteten Pinienkernen für eine gigantische Geschmacksexplosion in meinem Mund.

„Gut?", fragt Stella, die mich amüsiert beobachtet.

„Sehr gut!", stöhne ich und verdrehe genießerisch die Augen. „Matteo gibt dir sicher das Rezept", sagt sie. „Oder du fragst Valentina."

Wie aufs Stichwort serviert die am Nebentisch und ich scanne sie verstohlen. Irgendwas an ihr fasziniert mich – wobei ich nicht mal so genau weiß, ob es ihre coole Kurzhaarfrisur oder die lässigen Klamotten sind.

„Geht Valentina denn nicht mehr zur Schule?", frage ich Robertos Schwester. Ich schätze, das Mädchen ist in etwa so alt wie ich.

Stella schüttelt den Kopf und ihr besorgter Blick wandert in den Orangenbaum. „Es gab einen Schicksalsschlag in ihrer Familie. Der hat sie komplett aus der Bahn geworfen. Sie ist einfach nicht mehr hingegangen."

„Das tut mir leid", murmele ich und schaue betreten auf meinen Teller. Ich glaube, es wäre ziemlich unpassend, jetzt weiter nachzufragen.

Doch Stella fährt bereits fort: „Ihr kleiner Bruder ist an einer Blutvergiftung gestorben."

„Oh, mein Gott!", ruft Mama aus und Roberto greift nach ihrer Hand.

Geschockt lasse ich meine Gabel sinken. Arme Valentina! Automatisch muss ich daran denken, dass ja auch Roberto seine Frau durch eine Krankheit verloren hat. Und damit Angelo und Sonia ihre Mutter.

Stella blickt mich aus ihren traurigen dunklen Augen an. „Von da an ist es nur noch mit ihr bergab gegangen. Sie hat Alkohol getrunken und gekifft. Keine Ahnung, was noch so alles bei ihr an der Tagesordnung war."

„Und wie kommt es, dass sie jetzt hier arbeitet?"

„Sie ist die Nichte eines alten Schulfreunds", erklärt Stella. „Ich wollte dem Mädchen einfach helfen. Damit sie nicht nur rumhängt und womöglich noch ganz abrutscht. Aber ich glaube, Valentina ist nicht sehr glücklich in der Küche."

Genau den Eindruck hatte ich auch.

„Manchmal arbeitet sie im Service. Vielleicht ist das ja mehr ihr Ding."

Wir lassen das Thema fallen, doch Valentina will mir nicht mehr aus dem Kopf. Ich hoffe sehr für sie, dass sie sich wieder entschließt zur Schule zu gehen. Denn was soll sonst bloß aus ihr werden?

Als sie kurz darauf das Dessert für Roberto serviert, mustere ich sie verstohlen. Sie könnte glatt ein Model sein, mit ihrer hammermäßigen Ausstrahlung.

„Haben dir die Muscheln nicht geschmeckt?", fragt sie mich auf Deutsch, als sie sieht, dass Roberto und ich die Teller getauscht haben.

„Doch, doch, super."

Sie grinst mich verschwörerisch an, dann raunt sie mir zu:

„Keine Angst. Ich sag Matteo nicht, dass du sie nicht gegessen hast."

Ich grinse zurück. „Aber richte ihm doch bitte aus, dass die Nudeln fantastisch waren und dass ich gerne das Rezept hätte."

Valentina zieht wieder ab und keine fünf Minuten später taucht der Koch auf der Terrasse auf. Mit einem Zettel in der Hand, auf dem er das Rezept notiert hat, und einer kleinen Probierportion Kaninchen für mich.

Ich bedanke mich höflich, rühre jedoch den Teller nicht an.

„Oder isst du keine Fleisch?"

„Doch, schon", sage ich, „also manchmal jedenfalls. „Nur ... äh ... keine süßen Kaninchen."

„*Non c'è problema!*" Er schiebt den Teller zu Mama rüber. „Dann essen die süße Kaninchen deine hübsche *mamma.*"

Weg ist er, aber auch Mama meint, sie sei schon satt, und reicht den Teller an den Vielfraß Sonia weiter, die anscheinend kein Problem mit süßen Kaninchen hat.

Nach dem Essen gibt es Espresso für die Erwachsenen, für Sonia und mich einen kleinen *caffè macchiato*, dazu die mit Puderzucker bestäubten *canestrelli*. Die Kekse schmecken luftig-locker und herrlich buttrig. Und doch kann ich sie nicht richtig genießen. Weil mir gerade wieder Angelo eingefallen ist. Ich habe keine Ahnung, wie ich mich nachher zu Hause verhalten soll. Einfach so tun, als sei nichts weiter passiert? Oder ihn auf Chiara ansprechen?

Heimlich tippe ich unter dem Tisch eine Nachricht und schicke sie an meine Psychologen-Freundin Franzi. Die hat immer einen schlauen Rat für mich. Da sie nicht on ist, versuche ich es bei Pauline. Wobei ich jetzt schon ahne, was sie antworten wird. *Mach ihm eine Szene! Frechheit! Typisches Arschlochtyp-Phänomen!*

Während ich warte, schiebe ich mir noch einen Keks in den Mund, dann piept es endlich in meinen Jeansshorts.

Lass ihm seine Freiheit, lese ich zu meiner Überraschung. Regel eins, wenn ihr den ganzen Tag zusammenhockt.

Ups, das klingt so gar nicht nach Pauline. Eher nach Franzi.

Sag mal, ist zufällig Franzi bei dir?, schreibe ich.

Ja, wie kommst du drauf?

Ich kichere leise in mich hinein. Nur so.

Hi!, klinkt sich jetzt auch Franzi in unsere Unterhaltung ein. Vertrau Angelo! Du hast doch selbst gesagt, dass er so megasüß zu dir ist.

Ja, ist er ja auch. Oder er war es. Bis die knusprige Blondine aufgetaucht ist.

He, wir vermissen dich so! Komm bald wieder.

Ich vermisse euch auch!, schreibe ich.

Das ist kein bisschen gelogen. Ich gäbe einiges darum, jetzt mit beiden zusammenzusitzen und den Fall Angelo von A bis Z durchzukauen.

Kaum habe ich mich aus der Unterhaltung verabschiedet, piept mein Handy schon wieder.

Es ist Angelo.

Kommst du später kurz im Profumo vorbei? Ich spendier dir ein Eis und einen Kuss.

Endlich! Da ist er wieder, *mein* Angelo. Der Junge, in den ich so sehr verknallt bin, dass mir das Herz manchmal aus der Brust zu hüpfen droht. Von jetzt auf gleich sind alle Bedenken wie weggeblasen. Ich springe auf, bedanke mich bei Stella für das geniale Essen, dann tauche ich in den glutheißen Nachmittag.

Vanilleeis mit gerösteten Kirschen, Bananeneis mit weißen Schokostückchen und Karamelleis mit Meersalz

Angelo steht hinter dem Tresen der Gelateria und sieht in dem grün-weiß geringelten T-Shirt, das alle Eisverkäufer bei der Arbeit tragen, zum Anknabbern aus. Ich könnte es verstehen, wenn auch andere Mädchen das finden (zum Beispiel Chiara). Seine halblangen Locken hat er zum Zopf gebunden, nur eine Strähne kringelt sich frech über der Augenbraue.

„Amore!", ruft er, als er mich entdeckt, und in meinem Kopf geraten die Neuronen in Wallung.

Er hat mich Liebste genannt, hier vor allen Leuten!

Ich trete näher und inspiziere die Eisvitrine. Es gibt die üblichen Sorten wie Erdbeere, Schokolade und Vanille, aber auch ungewöhnliche Geschmacksrichtungen wie *paciugo*, *pinolata* oder *rosmarino*.

Angelo bedient zwei kleine Schulmädchen, die kaum an den Tresen reichen und umständlich die Münzen zusammenkramen. Endlich, das Kleingeld scheint zu reichen, und Angelo wendet sich mir zu.

„Wie war's bei Stella?", fragt er.

„Super. Es gab so leckeres Essen."

Angelo lacht. „Ich weiß. Matteo und *papà* liefern sich manchmal einen regelrechten Wettkampf, wer von beiden der Bessere am Herd ist."

„Und wer ist der Bessere?", frage ich.

„Matteo natürlich. Was möchtest du?"

„Was kannst du mir denn empfehlen?"

Angelo lässt seinen Blick über die Eisbehälter schweifen.

„Magst du lieber was Cremiges? Oder die fruchtigen Sorbets?"

„Alles", antworte ich, obwohl das nicht ganz stimmt. Ich finde die sahnigen Eissorten schon leckerer, bin aber neugierig, was Angelo für mich aussucht. Und ob er mich so gut kennt, dass er meinen Geschmack trifft.

Er murmelt ein paar Worte auf Italienisch, dann langt er mit dem Spachtel nacheinander in drei verschiedene Behälter und stellt im Nu ein cremiges Wunderwerk zusammen.

Er reicht mir das Eis über den Tresen. „Salziges Karamell, Vanilleeis mit gerösteten Kirschen und Bananeneis mit weißen Schokostückchen. Du musst mir später unbedingt sagen, welche Sorte dir am besten geschmeckt hat. Ich kann leider noch nicht Schluss machen."

Ich krame nach meinem Portemonnaie, aber er wedelt mit dem Zeigefinger. „Ich hab doch gesagt, ich lade dich ein."

„Äh, danke", stottere ich noch, da rückt eine Gruppe Motorradfahrer in Lederkluft an und ich trete mit meinem Eis beiseite.

„*A dopo!*", ruft Angelo, was *bis später* heißt.

In Zeitlupe trotte ich los und wechsele auf die schattige Straßenseite. Jede Eissorte schmeckt auf ihre Weise unfassbar lecker und wunderbar cremig. Zu gerne würde ich Nick probieren lassen und seine Meinung dazu wissen, aber leider müsste ich dazu erst die Alpen überqueren und nach München fahren. Ehrlich, noch nie habe ich so ein sensationelles Eis gegessen.

Ich durchquere den Palmengarten und steuere die Promenade an. Auf der einzigen Bank im Schatten sitzt eine alte Frau, die ihren Rollator als Tisch nutzt, um darauf Kreuzworträtsel zu lösen, rechts und links von ihr zwei Kinder, die ihr fasziniert dabei zusehen. Ein paar Meter weiter ragt ein Felsvorsprung ins Meer. Es ist der ideale Platz zum Verweilen. Das Wasser ist tiefblau, am pudrig blauen Himmel türmen sich Schaumkuss-Wolken zu riesigen Gebirgen auf.

Den Hut tief ins Gesicht gezogen, hocke ich auf dem glutheißen Stein und grabe meine Zunge in die Eiswaffel. Schade, dass Angelo noch arbeiten muss. Ich hatte gehofft, er würde Zeit für mich haben, sich für die Sache mit Chiara entschuldigen und ich müsste mir keine Sorgen mehr machen. Stattdessen nagt immer noch tief in mir drin die Eifersucht. Ein unschönes Gefühl, das sich beim besten Willen nicht vertreiben lässt.

Ich bin noch in meinen Gedanken gefangen, als Valentina aus der Trattoria auf der Promenade auftaucht. Im Arm hält sie ein abgemagertes Hündchen, darunter baumelt eine Designerhandtasche, was ein komisches Bild abgibt.

„*Ciao*", sagt sie und wedelt mit der Tasche.

„Ist das deiner?", frage ich und deute auf den Hund.

Sie nickt.

„Kann er nicht laufen?"

„Er hat Schmerzen." Sie setzt ihn behutsam ab. „Und ich hab keine Ahnung, warum."

Das Hündchen erschnuppert die Eiswaffel, die ich noch in der Hand halte, und fiept herzerweichend.

„Darf ich ihm ein Stück geben?", frage ich.

„Klar."

Ich halte dem Hund die Waffel hin, er schnappt sie sich vorsichtig und futtert sie gierig auf.

„Wie heißt er denn?", will ich wissen.

Valentina übergeht meine Frage und sagt: „Vielleicht findest du das jetzt blöd, wir kennen uns ja eigentlich gar nicht ... Aber kannst du mir ein bisschen Geld leihen?" Sie deutet auf den Hund. „Ich muss mit ihm zum Tierarzt."

Ich fische mein Portemonnaie aus dem Rucksack. „Klar. Wie viel brauchst du?"

„Wie viel kannst du mir geben?"

Es sind noch genau fünfunddreißig Euro und etwas Kleingeld im Portemonnaie. Ich ziehe die Scheine raus und halte sie ihr hin.

„Danke, wow. Das ist echt lieb von dir. Du kriegst das Geld natürlich wieder."

Wann?, liegt es mir auf der Zunge, aber ich finde es zu kleinlich, sie danach zu fragen. Der Hund ist krank, da muss ich helfen. Und vielleicht ist Mama ja auch in Ferienlaune und gibt mir etwas Taschengeld außer der Reihe, falls ich mir was Schönes kaufen möchte.

„Danke! Ach, und er heißt Oxford." Sie nimmt den Hund wieder auf den Arm, zwinkert mir zu und geht weiter. Ich bleibe mit dem warmen Gefühl in der Magengrube zurück, an diesem echt verrückten Tag wenigstens eine gute Tat getan zu haben.

Chiara? Wer zur Hölle ist Chiara?

Niemand.

Eben. Ganz genau. Und wegen niemand muss man sich auch keine Gedanken machen.

Wieder und wieder rattere ich diese Sätze runter. So lange, bis ich sie selbst glaube.

Aber es ist ja auch alles okay mit Angelo, warum also Gespenster sehen? Noch am selben Abend knutschen wir kurz auf dem Flur. Später in der Küche und im Badezimmer. Und am nächsten Morgen heimlich, also wirklich MEGA-heimlich, in Sonias Zimmer. Genauer gesagt auf ihrem Bett. Was ja eigentlich absolutes Sperrgebiet ist. Wir küssen und küssen uns und dann passiert es. Angelo schiebt mein T-Shirt hoch, seine Finger krabbeln unter meinen BH und dann streichelt er meinen Busen.

Überall in meinem Körper gibt es Kurzschlüsse. Mein Mund wird trocken, obwohl wir uns wie verrückt weiterküssen.

Es fühlt sich schön an. So richtig schön! Nur, müssen wir das ausgerechnet in der verbotenen Zone tun?

„Angelo", murmele ich zwischen zwei hitzigen Küssen.

Er löst sich von mir und sieht mich zärtlich an. „Magst du das nicht?"

„Doch! Aber was, wenn Sonia gleich reinkommt ...?"

„Sie kommt nicht rein. Sie ist bei ihrer Freundin." Er zögert. „Oder willst du lieber zu mir rübergehen?"

Es ist echt verrückt, aber immer noch ist sein Zimmer die eigentliche Tabuzone für mich. Und der einzige Raum, in dem wir bisher nicht geknutscht haben.

Immer wenn's brenzlig wird, kneifst du, Liv.

Äh, Quatsch.

Du hast Angst, dass mehr passieren könnte.

Dazu sag ich jetzt mal nichts.

Äh, Liv? Warum willst du eigentlich nicht, dass mehr passiert?

Ich bin erst fünfzehn.

Ich lach mich tot. Mit fünfzehn haben andere schon jede Menge Erfahrung.

Aber ich nicht. Und ich finde auch nicht, dass man in meinem Alter schon alles gemacht haben muss.

„Liv?", holt mich Angelos Stimme ins Hier und Jetzt zurück. Ich gucke ihn an. Ein Blick in seine nugatbraunen Augen, und jeder Widerstand in mir schmilzt dahin.

„Wir müssen nichts tun, was du nicht willst."

„Ich weiß."

„Auch nicht, wenn wir in meinem Zimmer sind, okay?"

Ich nicke. Und traue mich nicht, ihn zu fragen, ob er denn schon will. Oder ob es vielleicht andere Mädchen gibt, die schon wollen. Und ob eine von ihnen zufällig Chiara heißt. Autsch, da ist sie wieder, diese gemeine Eifersucht.

„Was hast du denn?" Zärtlich streichelt er meine böse Falte zwischen den Augenbrauen weg.

„Nichts, es ist nur so heiß", erwidere ich und ziehe entgegen jeder Logik mein T-Shirt wieder runter.

Mist, jetzt habe ich die Stimmung bestimmt kaputt gemacht.

Doch er grinst nur, setzt sich auf, nimmt mich an die Hand und zieht mich aus dem Raum.

„Ich brate uns Spiegeleier. Ich hab richtig Hunger."

„Du kochst?" Ich muss kichern.

„Lach mich nicht aus. Spiegeleier kann ich richtig gut."

„Der Beweis steht ja wohl noch aus."

„Dann komm mal mit!"

Und glucksend folge ich ihm in die Küche.

Tomaten, Radicchio und Artischocken

Die Hammernachricht kommt einen Tag später.
Wir sitzen in der Küche beim Frühstück, Mr Smart, Angelo, Mama und ich, und obwohl Brot, Käse und Aufschnitt auf dem Tisch stehen, tunken Mama und ich Kekse in unseren Kaffee. Angelo zieht mich ständig damit auf, dass Mama und ich unser bayerisches Sauerteigbrot und den Stinkekäse wohl heimlich essen würden, aber ich lasse mich nicht ärgern. Hier in Italien schmeckt eben alles fantastisch: das knusprige Weißbrot, die kleinen ligurischen Oliven, der cremige Gorgonzola, der Schinken aus der Region, die Pfirsiche und Aprikosen und natürlich auch die Süßigkeiten.
Ich schiebe mir gerade den Keks in den Mund, als Robertos Handy klingelt. Komisch. Alle unter achtzehn laufen immer Gefahr, ins Erziehungsheim gesteckt zu werden, sobald sie beim Essen ein Smartphone benutzen, aber Mama und Roberto dürfen hemmungslos damit rummachen.

„*Sì, sì*", sagt Mr Smart. Dann nickt er nur noch, murmelt etwas auf Italienisch und hält sein Handy zu.

„Liv, hättest du Lust, Matteo ein wenig in der Küche zur Hand zu gehen? Stella bezahlt dir sechs Euro die Stunde."

„Na, und ob!", sage ich wie aus der Pistole geschossen.

Nichts lieber als das! Es interessiert mich brennend, einem Profi-Koch über die Schulter zu gucken. Und dann noch in Italien, dem Land der Pizza- und Pasta-Gerichte! Nur eins möchte ich nicht: zu viele Minuten und Stunden von der kostbaren Zeit mit Angelo abknapsen. Das fällt mir allerdings erst mit Verzögerung einer Millisekunde ein.

„Wie oft müsste ich da denn jobben?", frage ich mit verstohlenem Seitenblick auf Angelo.

Roberto schwatzt wieder auf Italienisch in sein Handy, dann an mich gewandt: „Das sprichst du am besten mit Matteo ab. Aber keine Sorge." Er linst jetzt ebenfalls zu Angelo rüber. „Ihr werdet auf jeden Fall noch genug Zeit füreinander haben."

„Super", sage ich und versuche ein Lächeln von Angelo zu erhaschen, doch der ist gerade damit beschäftigt, unterm Tisch auf sein Handy zu starren. Was gibt es da schon wieder Interessantes zu sehen?

„Kannst du heute um elf da sein?"

Ich stupse Angelo an, der daraufhin hochguckt und mir zerstreut zunickt. Eigentlich wollten wir heute Morgen wieder an unseren Lieblingsstrand gehen, aber da Angelo um zwölf in der Eisdiele sein muss, wäre es sowieso knapp geworden.

„Schatz, hast du da deine Finger im Spiel gehabt?", fragt Mama, nachdem Roberto aufgelegt hat.

Mr Smart schüttelt den Kopf, grinst aber so verdächtig, dass eigentlich alles klar ist.

Danke, Roberto, sage ich nur mit den Augen und spüre, wie mein Herz vor lauter Vorfreude hüpft und springt. Ich bin in Italien. Im Land der abgefahrensten Antipasti, der leckersten Nudelgerichte und knusprigsten Pizzas. Und bald werde ich in einer echten Restaurantküche stehen! Das ist nach Angelo bereits der zweite Sechser im Lotto.

In der Küche hängt eine Dunstwolke aus Essensgerüchen. Auf dem großen Gasherd steigt Wasserdampf aus einem Topf auf, in einem anderen blubbert eine Soße vor sich hin, und der Koch hat alle Mühe, eine zischende Pfanne mit Knoblauch und Zwiebeln unter Kontrolle zu bringen.

„Was soll ich tun, Signor Matteo?", frage ich, nachdem ich die bereitliegende Kochjacke angezogen und meine Haare zum Zopf gebunden habe.

„Kannst du bitte waschen den Salat und dann mache trocken?"

Er deutet auf eine Tüte, aus der verschiedene Blattsalate hervorquellen. Gleich daneben steht eine Salatschleuder. „Und wenn alles fertig, kannst du mache Paprika und Aubergine sauber. Weißt du, wie das geht?"

Aber klar doch! Das ist eine meiner leichtesten Übungen. Um den gestressten Matteo nicht weiter zu stören, wasche ich mir die Hände, dann lege ich los. Ich arbeite schnell, aber gründlich, und als ich schon kurz darauf mit allem fertig bin, kommt Matteo zu mir rüber, um das Ergebnis zu begutachten.

„Du biste ja richtig schnell, Liv." Er nickt mir anerkennend zu.

„Wo ist eigentlich Valentina?", frage ich. „Kommt sie heute gar nicht?"

Matteo guckt auf die Küchenuhr, die über einem Regal mit Töpfen und Pfannen hängt, und stößt einen ärgerlichen Laut aus.

„Sie sollte seit eine Stunde hier sein!" Er zückt sein Handy und einen Moment darauf dringt ein wütender Wortschwall an mein Ohr. Matteo knurrt, bellt und schnaubt und sein mächtiger Bauch vibriert. So kann er also auch. Aber vielleicht hat er auch allen Grund, sauer auf Valentina zu sein.

Kaum hat er aufgelegt, werden seine Gesichtszüge wieder weicher und er lächelt mich an.

„Sie kommt gleich. Paar Minuten, hat sie gesagt. Aber sie immer spät. Ganze schlimm! Ich lasse sie arbeiten, weil Stella es so möchte. Ich hätte die Mädchen schon längst ..." Er macht eine eindeutige Geste, die wohl *gefeuert* bedeuten soll.

Ich wende mich wieder meiner Arbeit zu und schneide das Gemüse in kleine Würfel. Dann schickt Matteo mich zum Einkaufen. Die Tomaten sind ausgegangen.

„Die besten *pomodori* gibt es bei die Gemüsehändler in der Via Toledo. Du weißt, wo das ist? Rechts raus, dann wieder links und noch einmal rechts."

Ich nicke.

Matteo reicht mir vertrauensvoll seine Geldbörse. „Zwei Kilo *datterini* und drei Kilo *cuore di bue.*"

Datterini und *cuore di bue* notiere ich mir im Geiste. Keine Ahnung, was für Tomatensorten das sind, aber ich werde es schon rauskriegen.

Matteo entschuldigt sich tausendfach, dass ich heute nur für die Hilfsarbeiten zuständig bin und dass er keine Zeit hat, richtig mit mir zu kochen, aber ich finde das nicht weiter schlimm. Ich genieße den Abstecher in den Gemüseladen, in dem es so viel zu entdecken gibt. Da gibt es Radicchio, dessen Krakenarme über die Gemüsekiste hinauswachsen, längliche Aubergine mit einer hellen Maserung, runde Zucchini in einem zarten Hellgrün, diverse Sorten Rucola, Artischocken und Kisten voller Tomaten. Kleine, große, gelbe, längliche … und dann weiß ich plötzlich nicht mehr, welche ich holen sollte. Die Notiz in meinem Hirn ist wie ausradiert.

Der Gemüsehändler ist kaum älter als Angelo. Er kommt zu mir rüber und ein italienischer Wortschwall prasselt auf mich nieder.

„*Pomodori*", sage ich schnell.

„*Quale?*"

Ich zucke mit den Achseln. Dummerweise ist keine einzige Kiste beschriftet. Sorry, ich bin nicht nur die Fettnäpfchen-Queen, sondern auch noch vergesslich.

„Für Matteo aus der *Trattoria Stella*", sage ich halb auf Englisch, halb auf Deutsch.

Der Verkäufer lacht auf, seine Hände wirbeln durch die Luft, dann deutet er auf eine Kiste mit dicken Fleischtomaten und auf eine andere mit kleinen länglichen.

„*Cuore di bue e datterini?*"

Klar, jetzt fällt es mir wieder ein! *Cuore di bue*, das sind wohl die großen runden Ochsenherzen, *datterini* Datteltomaten.

Der Junge packt die Ware ein, ich bezahle und um eine Erfahrung reicher trete ich den Rückweg an. Man muss nicht Italienisch sprechen, um hier zurechtzukommen. Irgendwie geht es auch immer mit Händen und Füßen.

Mit einem Happy-Lächeln auf den Lippen will ich die Straße überqueren, als ich sie sehe: Angelo und Chiara. Arm an Arm sitzen sie in einem Straßencafé. Mir wird schlagartig flau und mein Herz zerspringt in tausend Stücke.

Bärlauch-Pasta
mit geräuchertem Lachs

Ich habe drei Möglichkeiten: heulen, sterben oder weitermachen. Ich entscheide mich dafür, weiterzumachen, und eile, den Blick stur geradeaus geheftet, zurück zur Trattoria.
Er hat was mit ihr. Vielleicht war er ja nur so lieb zu dir, weil er ein schlechtes Gewissen hat.
Das glaube ich nicht. Angelo war immer ehrlich zu mir.
Du bist ganz schön naiv, Liv! Er musste um zwölf in der Eisdiele sein. Jetzt ist es schon nach eins.
Zum Glück ist Valentina endlich da, als ich völlig benommen in die Restaurantküche stolpere. Eine überraschend gut gelaunte Valentina, die wie ein Wasserfall redet, während wir Tomaten schnibbeln, Fische filetieren und Mülltüten nach draußen schleppen. Es geht um italienische Rockmusik, Umweltprobleme und um Fußball – eine krude Mischung. Sie wirkt vollkommen normal. Normal nett. Normal unbeschwert. Dabei wette ich, dass Matteo sie eben ziemlich zu-

sammengefaltet hat. Aber vielleicht kennt sie das schon und lässt es einfach an sich abprallen.

Gegen drei ist die große Mittagstisch-Stresswelle vorbei, und bevor es ans Aufräumen geht, essen wir mit Matteo einen Teller Bärlauchpasta mit geräuchertem Lachs. Sie schmeckt pikant und leicht rauchig. Immer wieder lege ich die Gabel ab, um mir Notizen zu machen.

„Was schreibst du da eigentlich?" Valentina sieht von ihrem Teller auf.

„Liv möchte beste Köchin von Welt werden", sagt Matteo an meiner Stelle.

„Echt?" Sie reißt die Augen auf und schickt eine Kanonenladung Fragezeichen hinterher. Als hätte ich gesagt, mein großer Traum sei es, später mal auf einer Mülldeponie zu arbeiten.

„Findest du das so absurd?"

„Nein, überhaupt nicht. Ich kenne nur niemanden, der gerne in der Küche steht und kocht."

„Mädchen, du kennste doch mich", brummt Matteo.

„Ja, schon, aber du bist ..."

„*Sì, ho capito.* Ich verstehe." Matteo klopft sich auf den Trommelbauch. „Ein alter Mann, der nicht ganze normal ist. Liv, du kannst auch sagen du zu mir, einverstande?"

„Einverstande." Peinlich. Es ist mir einfach so rausgerutscht. Ich wollte mich nicht über sein Deutsch lustig machen.

Während Valentina geschickt die Spaghetti auf die Gabel wickelt, frage ich Matteo, wieso es eigentlich keinen Parmesan zu den Nudeln gibt. Auch den Gästen, die das Gericht bestellt haben, wurde nur die große Pfeffermühle gereicht.

„*Parmigiano?! Non si fa!*" Matteo schlägt die Hände über dem Kopf zusammen. „Ich weiß, die Deutsche machen auf alles Parmesan, aber wir in Italien nicht machen. Nie Fisch mit Käse!"

Nie Fisch mit Käse!, notiere ich in meinem Heft, obwohl ich jetzt schon weiß, dass ich zu Hause weiterhin Käse über Nudeln mit Fisch streuen werde. Einfach, weil es so lecker schmeckt.

Zum Nachtisch spendiert Matteo uns eine große Portion Limettensorbet, danach bringen Valentina und ich die Küche in Ordnung. Wir geben ziemlich Gas, waschen alle Töpfe aus, reinigen sogar die Dunstabzugshaube, und keine halbe Stunde später blinken und blitzen die Edelstahlelemente wie neu.

„*Ragazze*, jetzt haut schon ab!", sagt Matteo. „Ihr wollt gehe schwimmen, *esatto?* Treffen hübsche Jungs."

Während Valentina nur die Augen verdreht, lächele ich höflich.

Nein, ich will keine hübschen Jungs treffen, mir reicht ein einziger.

„Liv, wann kannste du wiederkommen?", fragt Matteo und

drückt mir die Bezahlung für den heutigen Arbeitstag in die Hand. Das ist super, da muss ich Mama nicht anbetteln oder anpumpen.

„Wann soll ich denn wiederkommen?"

„Morgen gegen elf? Ich will dir nicht stehlen deine Ferien."

„Kein Problem", sage ich.

Roberto hatte zwar etwas von einem Ausflug gemurmelt, aber der läuft mir ja nicht davon.

„Dann zeige ich dir, wie du machste ein schönes *ossobuco alla milanese*. Oder frische Pasta."

Wir verabschieden uns und auf dem Weg nach draußen frage ich Valentina, was ein *ossobuco* ist.

Die verzieht angewidert das Gesicht. „Geschmorte Kalbsbeinscheiben. Ekelhaft. Da werden die Beine vom Kalb einfach durchgeschnitten und man hat die Knochen mit auf dem Teller."

Klingt nicht so, als sei das mein Lieblingsgericht. Ich esse zwar hin und wieder Fleisch, aber bei süßen Kälbern und Kaninchen streikt alles in mir.

Während wir loslaufen, erklärt Valentina, dass sie schon länger Vegetarierin sei, wenn auch eine ziemlich inkonsequente.

„Wie meinst du das?"

„Heute gab es Lachs, falls du dich erinnerst. Bei Matteo ist es schwer, satt zu werden, wenn man komplett auf Fisch und Fleisch verzichtet. Er ist Koch! Ein italienischer Koch. Die kochen nun mal mit Tieren." Sie schnaubt verächtlich.

„Gibt es hier denn keine vegetarischen und veganen Restaurants?"

Valentina lacht auf. „Also, ich kenne kein einziges. Die Italiener legen großen Wert aufs Essen. Das heißt, sie essen das, was schon immer auf den Tisch kam. Fisch, Meeresfrüchte, Fleisch, sogar Innereien."

„Wie die Bayern", sage ich und muss an die vielen Metzger rund um den Viktualienmarkt denken.

Valentina lächelt mich aus ihren dunkel geschminkten Augen an. „Sorry, ich muss jetzt da lang." Sie deutet Richtung Bahnunterführung, dann beugt sie sich vor und gibt mir rechts und links ein Küsschen. „War echt cool mit dir."

„Fand ich auch."

„Die meisten Leute hier in unserm Alter sind schrecklich oberflächlich. Die wollen nur am Strand liegen und Party machen."

Ich muss daran denken, was Mr Smart über Valentina gesagt hat, und halte mich lieber zurück. Aber es freut mich natürlich, dass sie eine so hohe Meinung von mir hat.

„*Ciao*, Liv!"

Sie klemmt sich ihre Designertasche unter den Arm und winkt mir zu, dann geht sie schnellen Schrittes davon.

Kaum habe ich einen Fuß in die Wohnung gesetzt, bestürmen mich Mama und Mr Smart mit tausend Fragen.

„Wie war's?"

„Hast du viel gelernt?"

„Durftest du schon was kochen?"

„Wie verstehst du dich mit Valentina?"

„Und wie ist Matteo so als Chef?"

Ich antworte nur mit *hm, ja* und *nein*, was Mama und Roberto dazu veranlasst, mich mit immer mehr Fragen zu bombardieren.

„Kann ich vielleicht erst mal aufs Klo gehen und mir die Hände waschen?" Ich zwänge mich an ihnen vorbei ins Bad.

Keine zwei Sekunden später steckt Mama den Kopf durch die Tür.

„Falls du Angelo suchst, der ist in seinem Zimmer." Sie lächelt wie angeknipst. „Er arbeitet an seinem neuen Song."

„Aha", mache ich.

Mama grinst breiter. „Klingt richtig toll. Ich glaub, das wird ein Liebeslied."

Alles klar. Dazu hat ihn wohl die knusprige Blondine inspiriert.

Ich nicke meinem jetzt richtig verkniffen dreinschauenden Ich im Spiegel zu.

„Freust du dich gar nicht?"

Natürlich freue ich mich, wenn Angelo knusprigen Blondinen Liebeslieder schreibt, Mama. Was denkst denn du?

„Kannst du mich jetzt bitte allein lassen?", frage ich und schicke ein grimmiges Augenbrauenzucken hinterher.

„Aber sicher, Schatz", sagt Mama, rührt sich jedoch nicht vom Fleck.

Ganz toll. Das kann ich ja gut leiden.

„Liv, falls dir der Job in der Trattoria zu viel wird", fährt sie fort, „du musst das nicht machen. Du hast Ferien. Es ist völlig in Ordnung, wenn du einfach nur ausspannst."

Ja, vielen Dank auch für die Information.

Ich trockne mir rasch die Hände ab, dann husche ich an Angelos Zimmer vorbei, aus dem Gitarrengeklimper klingt. Wunderschönes Gitarrengeklimper. Hoffentlich ist Sonia nicht da. Ich will einfach nur meine Ruhe haben.

Vorsichtig, als könnte mir ein Ungeheuer entgegenspringen, mache ich die Tür auf. Zum Glück, die Luft ist rein. Ich plumpse auf die Matratze und checke mein Handy. Keine Nachrichten. Ob ich mal eben kurz Franzi und Pauline anfunke?

Liv, du kannst nicht mit jedem Furz bei deinen Freundinnen ankommen.

Aber dafür sind sie doch da!

Du musst endlich lernen alleine klarzukommen.

Geh den Problemen nicht aus dem Weg, habe ich plötzlich Franzis Stimme im Ohr. *Wenn Angelo sich in die knusprige Blondine verliebt hat, ist es eben so. Dann kannst du es auch nicht ändern.*

Okay, es ist entschieden. Ich gehe jetzt zu ihm rüber und stelle ihn zur Rede. Wieder raus aus dem Zimmer und über den Flur. Vor Angelos Tür verharre ich mit wackeligen Beinen.

Ich liebe dich, Angelo.

Ich liebe dich!

Hörst du? ICH LIEBE DICH!

Ich lausche. Doch bis auf das gebirgsbachartige Rauschen in meinen Ohren ist nichts zu hören.

Vielleicht grübelt er ja gerade über eine Liedzeile nach.

Oder er schreibt sich mit Chiara.

Nein, das tut er nicht!

Ich klopfe.

Alles bleibt ruhig.

Ich klopfe lauter.

„*Sì?*", tönt es von drinnen.

War das jetzt ein freundliches *Sì?* Ein genervtes? Oder ein neutrales?

„*SÌ?*"

Ähm, das klang jetzt ziemlich ungeduldig. Um nicht zu sagen unwirsch.

Ich drücke die Klinke runter und spähe ins Zimmer. Angelo sitzt in einem der abgewetzten Ledersessel und hat seine Gitarre auf dem Schoß. Vor ihm auf dem Koffer liegen jede Menge bekritzelte Zettel und ein paar Stifte. Sein Gesichtsausdruck: irgendwas zwischen besorgt, erstaunt und mittelgenervt.

„Störe ich?", frage ich.

Mann, Liv, jetzt mach hier bitte nicht auf unterwürfig!

Er schüttelt den Kopf.

Toll, aber warum sagt er dann nicht, dass ich reinkommen soll? Will er mir vielleicht dabei zugucken, wie ich hier vergammele?

„Wie war's in der Trattoria?", fragt er endlich.

„Gut. Also, ich hatte jede Menge zu tun. Hat voll Spaß gemacht."

Angelo nickt, dann schaut er wieder auf seine Notizen. Zwischen die Noten hat er kleine Muscheln und Herzchen gemalt. So wie wir Mädchen das früher in der Schule getan haben. Er murmelt etwas auf Italienisch, runzelt die Stirn, dann starrt er an die Decke. Wahrscheinlich störe ich ihn doch und er mag es bloß nicht sagen.

Sein Schweigen hält an. Als es kaum noch auszuhalten ist, frage ich: „Und wie war's bei dir?"

Mein Herz hämmert. Ich bin megagespannt. Was wird er jetzt antworten?

„Wie immer", sagt er und spielt ein paar Akkorde.

Er unterschlägt das Treffen mit der knusprigen Blondine! Ich fasse es nicht!

„Wie immer gut oder wie immer schlecht?"

Angelo lächelt mir knapp zu. „Ganz normal. Nichts Besonderes."

Das ist eine Lüge! Statt zu arbeiten, hast du mit Chiara im Café gehockt!

„Ich kann auch wieder gehen", sage ich. „Also, wenn ich dich störe."

„Nein, Quatsch", sagt er, doch sein Gesichtsausdruck besagt das Gegenteil. „Komm mal her."

Zögerlich betrete ich sein Zimmer und lasse mich in den anderen Sessel fallen. Angelos kleiner Finger streichelt minikurz mein Knie, dann ist der zärtliche Moment auch schon wieder vorbei. Kein Kuss, kein Knutschen so wie sonst.

„Spielst du mir mal deinen Song vor?", frage ich, bevor das hier noch die totale Krampfnummer wird.

Angelo lehnt die Gitarre gegen den Sessel. „Der ist noch gar nicht richtig fertig."

„Macht doch nichts."

Insgeheim hoffe ich, dass es, wenn Angelos raue und zugleich softe Stimme erst den Raum erfüllt, wieder so brizzelig schön ist wie sonst auch. Dass wir uns dann küssen, von mir aus auch auf seinem Hochbett, und dass er mir sagt,

dass er Chiara richtig daneben findet und überhaupt keine
Lust mehr hat, sich noch mal mit ihr zu treffen.

Aber Angelo blickt mich nur bedröppelt an und sagt: „Tut
mir leid, Liv, es geht noch nicht. Der Song ist einfach nicht
gut genug."

Eine Welle der Enttäuschung rollt durch meinen Bauch.

„Willst du jetzt weiterschreiben?"

Er nickt.

Das ist doch jetzt eine Ausrede! Er liebt mich nicht mehr.

Sag nicht so was, vielleicht geht es ihm gerade nicht so gut.

*Ach, und warum? Weil die knusprige Blondine ihm einen
Korb gegeben hat? Vielleicht war ich ja die ganze Zeit bloß
der Knutschersatz. Und in Wirklichkeit hatte er es immer nur
darauf abgesehen, Chiara zu küssen.*

„Okay, dann lass ich dich mal ..." Ich stehe auf und schlurfe
zur Tür. Es fühlt sich an, als hätte ich eine zentnerschwere
Last auf den Schultern. Auf der Schwelle bleibe ich stehen
und drehe mich kurz um.

„Angelo?"

Er sieht mich fragend an und mein Herz hämmert wie verrückt los.

„Du hast vorhin Chiara getroffen, stimmt doch, oder?"

Seine Augen flackern nervös. „Ja?"

„Ach so, dann hab ich euch also doch gesehen, als ich Tomaten kaufen war. Ich war mir nicht ganz sicher."

Angelo klemmt sich eine Strähne hinters Ohr und grinst ein verunglücktes Grinsen. „Wir hatten was zu besprechen."

Und was?, liegt es mir auf der Zunge, aber ich bringe die Wörter nicht über die Lippen.

Mach ihm bloß keine Szene, Liv! Das ist voll peinlich.

Ja, weiß ich auch.

Andererseits hast du schon ein Recht auf die Wahrheit.

Die wird er mir sowieso nicht sagen.

„Wir sehen uns ... gleich beim Essen", presse ich hervor.

Er nickt mir zu, und ich flutsche auf den Flur, bevor er meine Tränen sehen kann.

Antipasti misti

Die Zeit bis zum Abendessen vertreibe ich mir damit, Mr Smart in der Küche zur Hand zu gehen. Im Hintergrund laufen alte italienische Schlager. *Solo tu* säuselt eine weibliche Stimme. Ich glaube, das heißt übersetzt *nur du*.
Was wir alles zubereiten:
- Gemüsespieße mit Paprika, Champignons, Zucchini, Aubergine und Fenchel aus dem Ofen
- Tomate mit Mozzarella und Basilikum
- *crostini*, also geröstete Weißbrotscheiben, mit Olivenpaste und Leberpaste
- Süßkartoffelchips mit winzigen Tintenfischen
- Wildkräutersalat mit Schafskäse

Wir schnibbeln und braten und köstliche Düfte erfüllen den kleinen Raum. Ich gebe mich vor Roberto fröhlich und unbeschwert, doch tief in mir bin ich traurig und enttäuscht. Wie kann es sein, dass es zwischen Angelo und mir plötzlich so anders ist? Was ist passiert?

„Probier mal, Liv." Mr Smart spießt ein Stückchen in Knoblauch angebratenen Tintenfisch auf eine Gabel und hält sie mir hin. „Der ist butterzart."

Bisher habe ich mich immer vor diesen knubbeligen kleinen Fischchen mit den Minibeinchen gefürchtet. Aber ich vertraue darauf, dass Roberto mir nichts zu essen gibt, was irgendwie ekelhaft ist, und koste. Im ersten Moment schmecke ich Knoblauch und Salz, dann breitet sich ein unnachahmlicher Geschmack von Meer in meinem Mund aus.

„Hm, richtig lecker", sage ich.

Roberto lacht erleichtert. „Das freut mich! Schneidest du bitte das Brot? Dann können wir auch gleich essen."

Ich nicke. Essen ist sowohl ein gutes als auch ein schlechtes Stichwort. Ein gutes, weil ich Angelo gegenübersitzen werde. Ein schlechtes, weil ich nicht weiß, wie sich das anfühlen wird.

Wir richten die Speisen auf einer großen Platte an, dann trägt Mr Smart sie nach nebenan ins Wohnzimmer. Sonia ist inzwischen eingetrudelt (sie braucht mit ihrer Plastikschiene am Fuß immer etwas länger), Mama kommt mit frisch getönten Haaren aus dem Bad und Angelo mit immer noch bedrückter Miene aus seinem Zimmer.

„Was gibt's denn heute als *primo* und *secondo*?", will Sonia wissen, nachdem sie wie üblich ihr Tischgebet gemurmelt hat.

Mr Smart runzelt die Stirn. „Sonia, meinst du nicht, das reicht?"

„Doch, aber eine kleine Pasta rutscht doch immer."

„*Buon apetito!*", übergeht Roberto ihre Bemerkung.

Ich lade mir von jeder Vorspeise eine winzige Kostprobe auf den Teller. Angelo hat es tatsächlich geschafft, mir den Appetit zu verderben. Das will echt was heißen.

„Nanu, Liv? Keinen Hunger?" Robertos Augenbrauen rutschen fragend nach oben.

Ich rede mich damit raus, dass wir in der Trattoria erst so spät gegessen haben. Das ist ja nicht mal gelogen.

„Ich dachte schon, es schmeckt dir nicht."

„Doch, alles super." Wie zum Beweis schiebe ich mir ein Stückchen Tintenfisch in den Mund.

Du hast Liebeskummer, Liv. Da kann man eben nicht richtig essen.

Pah, es gibt Wichtigeres, als wegen irgendeines Typen Liebeskummer zu haben.

Er ist nicht irgendein Typ. Er ist Angelo. Dein ANGELO.

„Ja?", dringt eine kratzige Stimme an mein Ohr und ich schrecke auf.

Angelo blickt mich fragend an.

„Was denn?", frage ich.

„Du hast eben Angelo gesagt."

„Hab ich nicht."

Auweia, ist es jetzt schon so weit, dass ich mit mir selbst rede?
Nicht rot werden, Liv! NICHT rot werden!
„Wieso wirst du denn rot?", erkundigt sich Sonia prompt.
„Ihr seid doch schon ein Liebespaar."
Ich bring dich um, Sonia! Ich kill dich!
„Wie läuft es denn mit deinem neuen Song?", fragt Mama
zum Glück. „Ist er schon fertig?"
Angelo verneint.
„Schreibst du nur den Text oder auch die Melodie?", fährt
sie fort.
Ich liebe dich, Mama. Manchmal bist du echt zu was zu ge-
brauchen!
„Beides. Der Text steht schon fast. An der Melodie muss ich
noch ganz schön feilen."
Mama lächelt selig. Ich glaube, sie hat Angelo wirklich in
ihr Herz geschlossen. „Und worum geht es in dem Song?"
„Na, worum wohl?" Sonia kichert. „Um *amore!*"
Angelo wirft seiner Schwester einen kleinen bösen Blick zu.
„Stimmt doch, oder?", fragt sie nach.
„Auch, aber nicht nur."
Anscheinend handelt der Song auch von der Natur und der
Verschmutzung der Weltmeere, doch ich höre längst nicht
mehr hin. Angelo trifft zweimal die knusprige Blondine und
schreibt prompt ein Lied über *amore*. Da reicht die Intelli-
genz eines Einzellers aus, um zu begreifen, was Sache ist.

Sonias Gekicher schwillt an. „Angelo ist es immer ein bisschen peinlich, über seine Songtexte zu reden. Da geht es ja
meistens um große Gefühle und um ...'

„*Stai zitto!*", zischt Angelo.

Ups, das klang nicht gerade freundlich. Sonia zieht gekränkt
die Augenbrauen hoch.

„Jetzt streitet euch bitte nicht", mischt sich Mr Smart ein
und greift nach Mamas Hand. „Wir haben was mit euch zu
bereden."

„Äh, was denn?" Sonias Augen werden schmal.

„Jetzt guck nicht so erschrocken", fährt er fort. „Julia und
ich ... wir wollten nur mal wissen, wie das jetzt so für euch
ist?"

„Also, wir alle unter einem Dach", ergänzt Mama.

Angelo blickt erst Sonia, dann mich an, ich nur minikurz
Angelo, dafür etwas länger Sonia, die nervös ihren Pferde-
schwanz um den Finger wickelt.

Roberto hüstelt leise. „Also, wir beide finden jedenfalls, dass
wir ziemlich gut miteinander auskommen. Oder was meint
ihr?"

„Weil wir uns noch nicht gestritten haben?", erkundigt sich
Sonia, ohne die Miene zu verziehen.

„Nein, weil wir in vielem ähnlich ticken", entgegnet Mama.
„Streiten werden wir uns früher oder später sowieso. Das ist
doch ganz normal."

Ich schiele zu Angelo rüber, der den Kopf gesenkt hält und mit dem Fingernagel Muster in die Serviette ritzt.

Ja, Angelo und ich harmonieren super. Jedenfalls, wenn wir heimlich irgendwo knutschen. Aber damit ist ja jetzt wohl Schluss.

„Wir fragen nur, weil ..." Roberto kratzt sich verlegen am Kinn. „Weil ja immer noch die Frage im Raum steht, wie es nach den Sommerferien mit uns weitergeht."

Sonia setzt sich kerzengerade hin und drückt den Rücken durch. „Also, ich ziehe jedenfalls nicht nach München. Hundertpro nicht." *Peng, peng, peng* knallen die Wörter wie Pistolenschüsse aus ihrem Mund. „Du, Angelo?"

„Ich, äh, wie?"

„Ob du dir vorstellen kannst, nach München umzuziehen. Hallo? Du bist doch sonst nicht so schwer von Begriff?"

Angelo lächelt, nur ein klitzekleines bisschen, dann sagt er: „München ist eine echt schöne Stadt."

Äh, wie bitte? Er kann sich vorstellen, nach München zu ziehen, weil München eine schöne Stadt ist?

„Gibt's eigentlich noch Nachtisch?", erkundigt sich Sonia, als gäbe es zu dem Thema nicht mehr zu sagen.

Alles klar. Sie will nicht weiter darüber reden. Und eigentlich habe ich auch genug. Selbst wenn die drei zu uns ziehen, kann ich keinen Typen gebrauchen, der München zwar toll findet, aber im Grunde seines Herzens Chiara nachtrauert.

„Wir müssen jetzt auch nichts übers Knie brechen", erklärt Mr Smart. „Wir wollten nur mal horchen, wie bei euch die Stimmung ist."

Ganz toll ist meine Stimmung. Geradezu bombastisch!

„Super", sagt Sonia, wobei sie aussieht, als hätte sie eine Kröte im Mund. „Und was ist jetzt mit Nachtisch?"

Roberto deutet mit dem Kopf nach nebenan. „Ich glaub, es ist noch Eis da."

„Ich hab sowieso keinen Hunger mehr", meint Angelo. „Ich muss noch an meinem Lied weiterschreiben."

„Du, Liv?", fragt Roberto.

„Ich ... nee ... äh ... ich will ans Meer."

Ich sehe noch, wie Mama verwundert guckt, Angelo in meine Richtung schaut, doch da bin ich schon fast aus der Tür. Bloß schnell weg von hier. Es fühlt sich nämlich gerade so an, als würde ich keine Luft mehr kriegen. Weil ich überhaupt nicht weiß, was mit Angelo los ist, und er es anscheinend auch nicht für nötig hält, offen mit mir über alles zu reden. Klar, es geht irgendwie um Chiara. Aber was genau ist da Sache? Waren sie mal zusammen und jetzt ist Schluss? Oder steht er auf sie und traut sich nicht, es mir zu sagen? Es gibt so viele Möglichkeiten, nur werde ich die Wahrheit leider nicht herausfinden, wenn Angelo einfach dichtmacht.

Pistazie und Stracciatella

Ich könnte heulen. Und lachen. Und wieder heulen. Weil alles so schön und schrecklich zugleich ist.

Der Abend ist lau, die Sonne versinkt langsam im Meer und ich zuckele mit dem Strom der Menschen über die Promenade. Überall Liebespaare. Junge, mittelalte, alte. Und ich fühle mich wie das einsamste Mädchen auf der ganzen Welt.

Wie schön wäre es, jetzt mit Angelo hier spazieren zu gehen! Wir würden Händchen halten, ab und zu stehen bleiben und uns küssen und später zugucken, wie sich der Himmel dramatisch rotorange über dem Meer verfärbt.

Jetzt habe ich den Sonnenuntergang ganz für mich allein, und ehrlich, es macht überhaupt keinen Spaß.

Mein Handy piept.

Angelo, ist mein erster Gedanke und mein Herz puckert los. Aber es ist bloß eine Nachricht von Nick. Was meine Kochkünste machen würden, ich hätte ihm ja schon länger keine neuen Rezepte geschickt.

Alles super, tippe ich. *Arbeite jetzt in einer* Trattoria! *Rezepte folgen.*

Cool, ich freu mich schon!, schreibt er zurück, dann stelle ich mein Handy aus.

Würde ich es nämlich anlassen, würde ich die ganze Zeit hoffen, dass sich Angelo bei mir meldet.

„*Ciao, bella!*", tönt es in meinem Rücken.

Ich fahre herum und sehe zwei Typen hinter mir. Der eine klein und dunkelhaarig, der andere fast zwei Meter lang und rothaarig, Dreitagebart. Die beiden sind sicher schon um die zwanzig, vielleicht sogar älter.

Der Kleine sagt etwas auf Italienisch, woraufhin der Lulatsch gurgelnd lacht. „*Un gelato?*"

„Nein, ich will kein *gelato*", antworte ich auf Englisch.

„Woher kommst?", fragt der Rothaarige. „Deutschland?"

Ich nicke. Warum tue ich das? Und warum sage ich jetzt auch noch, dass ich aus München komme? Das verstehen die beiden garantiert erst recht als Aufforderung.

„Ah, München! Oktoberfest! Bier!"

Ich beschleunige meine Schritte. Oktoberfest und Bier – alles klar. Wie armselig, wenn einem nur das zu München einfällt. Die Stadt hat so viel mehr zu bieten: tolle Museen, Schlösser und Seen.

„Na, komm schon", sagt wieder der Kleine. „*Un bel gelato! Jam, jam!*"

„Ich will aber kein *bel gelato jam jam!*" Ich funkele die Typen wütend an.

„Schade! Hübsche Mädchen essen doch gerne Eis."

Was für eine dämliche Anmache ist das denn! Hässliche Mädchen mögen ja wohl auch Eis. Und Jungs, die intellektuell auf der Entwicklungsstufe von Molchen stehen, sowieso.

In einer halsbrecherischen Aktion flitze ich zwischen den Autos hindurch auf die andere Straßenseite. Rein in einen Shop mit Strandartikeln. Mein Herz rast. Nicht vor Angst, sondern vor Zorn. Nein heißt nein, und wenn man es einmal sagt, muss es doch reichen.

Eine Weile streife ich durch den Laden, gucke mir Flipflops, Strandspiele, Bikinis, bunte Armbänder und Sonnencremetuben an. Bei den Postkarten halte ich mich besonders lange auf. Warum nicht mal Franzi, Pauline und Nick schreiben? So wie meine Großeltern und auch Mama das früher gemacht haben, als es noch keine Handys gab. Für Pauline suche ich eine kitschige Karte mit Sonnenuntergang aus, für Franzi ein Strandmotiv, für Nick ein ligurisches Raviolirezept. Ich kaufe gleich noch drei Briefmarken, dann scanne ich von der Eingangstür aus die Straße. Ein Glück – die Typen sind weg. Bestimmt hatten sie keine Lust auf eine Zicke wie mich und suchen sich schon ein neues Opfer.

Auf einer Bank an der Promenade kritzele ich Paulines,

Franzis und Nicks Adressen auf die Karten, aber dann starre ich auf das leere Feld und weiß nicht, was ich schreiben soll.

Hey, Liv, du bist doch sonst nicht so fantasielos.

Hm ... mal überlegen. Hallo Pauline, alles super hier, ich liebe das Meer, die Liebe und das Leben.

Ganz großes Kino! Grmpf ...

Okay, zweiter Versuch: Hi Franzi, Angelo ist ein Arsch. Ein arschiger Hyperarsch. Die Sonne versinkt gerade am Meer und ...

Dritter Versuch: Hi Nick, das Essen hier ist einfach ...

Mist, Tränen treten mir in die Augen. Was für eine hirnrissige Idee, meinen Freundinnen und Nick Postkarten schreiben zu wollen. Um ihnen was zu sagen? Dass es mir superklasse geht? Oder dass ich mich am liebsten heulend im Bett verkriechen möchte? Das tippt man in dem Moment ins Handy, in dem man es fühlt. Und es besteht die Chance, dass man schon kurz darauf getröstet wird.

Ein Zungenschnalzen lässt mich zusammenfahren.

Bitte nicht wieder die Typen, denke ich noch, da schiebt sich Valentina in mein Blickfeld. Sie hat noch dieselben Klamotten an wie heute in der Küche und Oxford an der Leine.

Erleichtert stopfe ich die Karten in meinen Rucksack und stehe auf.

„Was machst du hier so spät?", fragt sie.

„So spät?"

Ich muss lachen. In Italien gehen die meisten Leute doch erst um einundzwanzig Uhr essen. Sogar mit ihren kleinen Kindern im Schlepptau.

„Bisschen rumlaufen. Den Sonnenuntergang genießen."

„Ganz allein?"

„Warum nicht?", entgegne ich und erzähle ihr von den blöden Heinis, die mich eben verfolgt haben.

Valentina stöhnt. „So sind hier viele. Die baggern alles an, was nicht bei zwei auf der Palme ist. Ich hab echt genug von solchen Typen."

„Warst du mit ihm beim Arzt?", frage ich und streichele das magere Hündchen.

Valentina nickt. „Danke noch mal, dass du mir das Geld geliehen hast. Du kriegst es auf jeden Fall zurück, nur im Moment ..."

„Kein Problem", sage ich und schiele auf die teure Handtasche, die immer so aussieht, als hätte Valentina einen ganzen Packen Hunderter darin. „Ist Oxford denn wieder gesund?"

Valentina schenkt mir ein dankbares Lächeln. „Fast. Aber ohne deine Kohle ..." Sie zuckt mit den Achseln. „Was hältst du von einem Eis?"

„Ich weiß nicht, ich ..."

„Komm schon, ich lade dich ein." Valentina zerstrubbelt sich die kurzen blonden Haare. „Von der Kohle, die du mir geliehen hast, ist noch ein kleiner Rest da."

„Okay. Überredet!"

Es wäre ja auch total blöd, jetzt nach Hause zu gehen und in die Kissen zu heulen. Valentina ist so ganz anders als Franzi und Paulina, aber ich mag ihre Gesellschaft. Und sie lenkt mich von Angelo ab, was ich im Moment echt gut gebrauchen kann.

Wir machen uns auf den Weg, kommen jedoch nur in Zeitlupe voran, weil Oxford jeden Busch bepinkeln und an jedem Grashalm schnuppern will. Und Valentina lässt ihn.

„Magst du Hunde?", fragt sie.

„Sehr! Man weiß immer, woran man bei ihnen ist." Ganz im Gegensatz zu Menschen, ergänze ich in Gedanken.

„Hast du auch ein Haustier?"

Ich schüttele den Kopf.

„Warum nicht? Möchtest du keins?"

„Doch, schon. Aber ich finde das schwierig in der Stadt. Meine Mutter arbeitet den ganzen Tag, ich bin in der Schule."

„Das stimmt. Es gibt so viele Leute, die sich ein Tier anschaffen und sich dann nicht richtig darum kümmern."

Valentina biegt von der Hauptstraße in die Via della Torretta und steuert zielstrebig aufs *Profumo* zu. Bingo! Hätte es nicht auch irgendeine andere Eisdiele sein können?

„Was möchtest du?", fragt mich Valentina.

„Egal. Such du was Schönes für mich aus."

Valentina stellt sich an. Es dauert nicht lange, dann drückt sie mir ein Rieseneis mit lindgrünem Pistazieneis und Stracciatella in die Hand.

„Ich hab dem Chef von dem Laden damals bei der Eröffnung geholfen", sagt Valentina, während wir uns auf die Stufen zum Nebenhaus hocken. „Die machen das Eis selbst und nehmen nur natürliche Zutaten."

„Ich weiß. Mein Freund jobbt hier."

Valentina grinst. „Ach, Angelo?"

Ich nicke. „Kennst du ihn schon länger?"

„Kann man so sagen. Wir waren zusammen in der Grundschule." Sie scannt mich neugierig von der Seite. „So, so. Dann bist du also seine geheimnisvolle Freundin." Ein Grinsen huscht über ihr Gesicht. „Du weißt schon ... Kleinstadttratsch."

Ich nicke, ohne mir wirklich sicher zu sein, ob ich tatsächlich mit der geheimnisvollen Freundin gemeint bin. Vielleicht ist ja inzwischen Chiara an meine Stelle gerückt.

„Wo habt ihr euch eigentlich kennengelernt?"

Ich berichte in knappen Worten, wie Mama vor ein paar Monaten ihren Lover Roberto bei uns in München angeschleppt hat und ich alles andere als begeistert war, als überraschend Sonia und Angelo auf der Matte standen.

Valentina gluckst leise in sich hinein. „Lass mich raten. Dann hast du dich auf der Stelle unsterblich in Angelo verliebt."

„Nicht sofort und nicht unsterblich", wiegele ich ab. Es ist mir schon ein bisschen peinlich, vor diesem Mädchen, das ich kaum kenne, gleich alles auszuplaudern.
„Klar, er sieht ja auch ziemlich gut aus." Es zuckt unmerklich um ihre Mundwinkel. „Und das scheint er auch zu wissen."
„Wie meinst du das?", frage ich nach.
„Er ist schon ein bisschen eingebildet."
„Quatsch, überhaupt nicht", platzt es aus mir heraus. Einen Wimpernschlag darauf wird mir bewusst, dass ich ihn gerade verteidigt habe. Und das, obwohl ich so eine Stinkwut auf ihn habe.
„Ist ja auch egal." Valentina lächelt mich versöhnlich an. „Hauptsache, du bist mit ihm glücklich."
Bin ich nicht!, gellt eine Stimme in mir.
„Bist du doch, oder?"
Ich nicke, stopfe mir den Rest der Eiswaffel in den Mund und stehe auf. „Ich muss dann auch mal los. Wir sehen uns morgen?"
Valentina nickt. „Super, dass du da bist. Echt. Mit dir macht es richtig Spaß in der Küche."
Wow, was für ein schönes Kompliment!
Und eine Spur besser gelaunt laufe ich zurück nach Hause.

gelo steht in der Haustür und wedelt mit seinem Handy.

„Wo warst du denn so lange? Ich versuche schon die ganze Zeit dich anzurufen!"

„Unterwegs, wieso?", antworte ich und weiche seinem Blick aus.

„Ich versteh nicht ... Warum bist du einfach abgehauen?"

Er will mich an sich heranziehen, aber ich presse mich an ihm vorbei und streife meine Sneakers von den Füßen.

„Bin ich doch gar nicht. Du wolltest dein Lied weiter komponieren. Und ich wollte mir den Sonnenuntergang am Meer angucken. So was hab ich nämlich nicht zu Hause."

Angelo grinst mich mit schief gelegtem Kopf an.

„Schon kapiert. Sorry."

Er beugt sich vor und gibt mir einen samtweichen Kuss auf den Mund. Eine Sekunde lang fühlt es sich wie immer an. Himmlisch. So als würden wir zusammen auf Wolke sieben schweben. Doch dann ist die Sekunde vorbei und die Zweifel, die Eifersucht, dieser ganze Liebeswahnsinn ist zurück.

„Kommst du mit auf den Balkon? *Papà* hat Zitronenlimonade gemacht."

„Ist dein Song denn schon fertig?"

„Nicht ganz." Er streicht mir über die Schulter und ich bekomme Gänsehaut.

Gib ihm eine Chance, Liv. Bestimmt sagt er dir endlich was zu Chiara. Und dann stellt sich heraus, dass alles ganz harmlos ist.

Und wenn nicht?

Dann weißt du wenigstens Bescheid.

„Okay", krächze ich und folge Angelo auf den Balkon, wo Mama und Mr Smart sich gegenseitig anhimmeln.

„Da bist du ja endlich!"

Mama lässt von ihrem Liebesobjekt ab, und Mr Smart fragt mich ohne diesen leicht vorwurfsvollen Tonfall, den ich bei Angelo sehr wohl rausgehört habe, wo ich denn gesteckt habe.

„Am Meer."

„Alleine?", hakt Mama arglos nach, wohingegen Mr Smart mutmaßt, dass mir bestimmt Scharen von jungen Männern hinterhergelaufen wären.

„Nee, bloß zwei", sage ich und gucke kurz zu Angelo rüber, der, ohne die Miene zu verziehen, Limonade einschenkt.

„Und dann haben Valentina und ich uns noch im *Profumo* ein Eis geholt", fahre ich fort.

„Ach, wie schön", meint Mr Smart. „Verstehst du dich gut mit ihr?"

„Ja, sie ist total nett." Und dann sage ich etwas, das ich im nächsten Moment schon wieder bereue. „Und nicht so oberflächlich wie die anderen Jugendlichen hier."

Angelos fassungsloser Blick geht zu mir. „Wie kommst du denn darauf, dass hier alle oberflächlich sind? Du kennst sie doch gar nicht. Hat Valentina dir das eingeredet?"

flaues Gefühl macht sich in meinem Magen breit. Das ⸗ste Mal, seit wir zusammen sind, ist der Ton so rau zwischen uns. Das tut weh.

„Du hast recht, ich weiß nicht, wie deine Freunde so sind", sage ich, „aber die Mädchen am Strand haben mich total ignoriert. Da ist Valentina ganz anders."

Mama greift nach Robertos Hand. „Komm, Schatz, wir lassen die beiden mal allein. Ich bin auch müde."

Roberto greift nach Mamas Hand und steht auf. „Gute Nacht, ihr zwei. Und ihr streitet euch nicht, versprochen?"

„Ja, versprochen", sagt Angelo, und ich nicke dem Balkongeländer zu, von dem die mattgelbe Farbe abblättert.

Kaum sind Mama und Roberto in der Wohnung verschwunden, tritt eine unangenehme Stille ein. Dabei könnte es einer dieser richtig schönen Wow-Augenblicke sein. Grillen zirpen, über uns blinken die Sterne, ich rieche Angelos Sommertag-am-Meer-Geruch, doch wir hocken da wie Wachsfiguren, gefangen in unseren düsteren Gedanken.

Shit, warum sagt er denn nichts? Soll ich ihn ansprechen? Aber wie?

Angelo, wir müssen reden.

Boah, nee, das klingt ja wie in einem schlechten Film!

Okay, dann vielleicht so: Angelo, ich hab da ein Problem ... also, äh, wir haben ein Problem ... also, du ja vielleicht nicht, ich allerdings schon.

Stottern ist ganz schlecht. Fass dich bitte kurz.

Was läuft da zwischen dir und Chiara? So besser?

„Du hast Valentina gerade erst kennengelernt und bist schon so dicke mit ihr?", fragt Angelo in dieser Sekunde.

Ich gucke ihn überrascht an, weiß im ersten Moment nichts zu erwidern. Das klingt ja geradezu, als sei er eifersüchtig.

„Was heißt hier dicke miteinander? Wir haben ein Eis gegessen und ein bisschen gequatscht."

Angelo presst die Lippen aufeinander. So kenne ich ihn gar nicht.

„Findest du das schlimm?"

„Natürlich nicht, aber sei lieber ein bisschen vorsichtig."

Wir starren uns an. Ernst, beinahe feindselig, was mir in der Seele wehtut. Ich will den Jungen, den ich so sehr mag, dessen Hand ich am liebsten den ganzen Tag halten würde und dessen Küsse mir so viel bedeuten, nicht so ansehen.

„Wieso denn?", frage ich. „Ist sie eine Serienkillerin und gerade aus dem Knast ausgebrochen?"

Es sollte witzig sein, aber Angelo lacht nicht.

„Liv, sie ist ..." Angelo schnaubt leise. „Okay, sie ist nicht immer ehrlich."

„Inwiefern?", hake ich nach.

„Ich war mal mit ihr in einer Klasse."

„Weiß ich."

„Ach, das hat sie dir schon erzählt?"

„Warum auch nicht?"

Angelo nickt. „Damals sind jedenfalls ständig so Sachen passiert."

„Was für Sachen?", frage ich nach.

„Einmal hat sie mir das Radiergummi aus dem Federmäppchen geklaut und behauptet, es müsse mir aus der Tasche gefallen sein."

Ich lach mich tot. Ein Radiergummi!

„Ganz schlimm", sage ich so todernst, dass Angelo meine Ironie eigentlich auffallen müsste. Tut es aber nicht.

„Sie hat öfter gestohlen", fährt er fort. „Und mich und ein paar andere aus der Klasse beim Lehrer angeschwärzt."

„Angelo, wie alt wart ihr damals?"

„Acht."

Ich muss lachen. „Du wirfst ihr Dinge vor, die sie mit acht getan hat? Das ist lächerlich!"

„Ich werfe es ihr ja gar nicht mehr vor. Es ist mir eben nur wieder eingefallen." Er klemmt sich eine Locke hinters Ohr. „Außerdem bin ich nicht der Einzige im Ort, der eine schlechte Meinung von ihr hat."

„Wieso, wer denn noch?"

Angelo nippt an der Limonade. „Sie hat sich von allen abgesondert. Mit Luca war sie früher ganz dicke, jetzt will sie nichts mehr von ihm wissen. Auch von den Mädchen nicht. Als wären wir alle nicht mehr gut genug für sie."

„Sie hat ihren Bruder verloren."

Ich sage es nur ganz leise, habe Angst, ich könnte die Wunde bei Angelo aufreißen. Er blickt mich an, bloß einen Sekundenbruchteil lang, und ich weiß, dass er in diesem Moment an seine Mutter denkt. Und dass ihr Verlust mindestens so schwer wiegt wie der Verlust des Bruders. Ich spüre einen dicken Kloß im Hals.

„Ja, ich weiß", sagt Angelo und seine Stimme klingt wieder weich. „Ich will ja auch gar nicht schlecht über sie reden. Ich möchte nur nicht, dass du am Ende enttäuscht bist."

Enttäuscht bin ich schon. Und zwar von dir!

„Liv, ich bin müde."

Angelo steht auf. Er gibt mir einen Mini-Kuss und krault dabei meinen Nacken, aber die Enttäuschung liegt wie ein Wackerstein in meinem Magen. Kein Wort zu Chiara … Er hält es nicht mal für nötig, etwas zu ihr zu sagen. Langsam frage ich mich, ob Angelo wirklich *the one and only* ist, mein Seelenverwandter, mit dem ich durch dick und dünn gehen möchte. Vielleicht habe ich mir das alles ja nur eingebildet.

Pasta della Nonna

Der Mond steht noch als blasser Fleck am Morgenhimmel, als ich durch die Fußgängerzone zur Arbeit in die Trattoria laufe. Eigentlich ist es ein schöner Morgen. Nicht zu kalt, nicht zu heiß, eine leichte Brise lässt die fedrigen Blätter der Palmen tanzen, nur leider spielt mein Kopfkino verrückt.
Er ist mit ihr zusammen, Liv.
Das wäre so fies von ihm …
Oder ihm ist plötzlich klar geworden, dass er doch mehr auf Chiara steht.
Na, super. Ich bin nun mal keine Beauty-Queen und oft zum Totlachen ungeschickt, aber das wusste er auch vorher.
Die Ampel springt auf Rot und ich bleibe stehen. Ein Typ steht auf der anderen Seite und grinst mich an.
Ja, grins du nur!
Aber er sieht hammer aus, Liv.
Na und? Angelo sieht auch hammer aus. Und was hab ich jetzt davon? Nur, dass ich todunglücklich bin.

Ich setze meinen finstersten Blick auf, als wir aneinander vorbeigehen. Ich will keinen anderen. Und wenn ich Angelo nicht haben kann, will ich mich auch nie wieder verlieben.

Die Tür zur Trattoria ist offen und ich trete ein. Im Gastraum, wo Stella meistens am frühen Morgen herumwuselt, ist niemand zu sehen. Nur das kleine Lämpchen an der Espressomaschine leuchtet, dann schaltet sich die Pumpe ein und gibt ein ratterndes Geräusch von sich.

„*Buongiorno!*", rufe ich. „Jemand da?

Keine Antwort.

Ich gehe weiter in die Küche, aber auch hier ist alles still. Tüten mit Gemüse liegen auf dem Arbeitstisch, also muss schon jemand hier gewesen sein. Wahrscheinlich Matteo. Der kauft am frühen Morgen auf dem Markt ein, um sich die Zeit bis zum Arbeitsbeginn in den Kaffeebars im Ort zu vertreiben.

Ich überlege gerade, ob ich in der Bar schräg gegenüber ein leckeres Hörnchen frühstücken soll – bei der Gelegenheit könnte ich auch endlich die Karten an Franzi und Pauline schreiben –, als es hinter dem Mauervorsprung, wo der riesige Edelstahl-Kühlschrank steht, raschelt.

Eine Ratte oder eine Maus? Beides wäre schlecht für das Lokal.

Ich nähere mich auf Zehenspitzen und luge um die Ecke.

Valentina!

Sie kniet vor ihrer Designerhandtasche und stopft eilig etwas hinein.

„Valentina?", sage ich und sie blickt mich aus ihren dunkel geschminkten Augen wie ertappt an.

Einen Moment starren wir uns bloß an, dann lächelt sie und schmettert mir ein fröhliches *Hi!* entgegen.

„Was machst du da?"

„Nichts ... ähm ... nur Reste entsorgen."

„Was denn für Reste?"

Sie zieht ihre Handtasche mit einem Ratsch zu und richtet sich auf. „Bin gleich wieder zurück, okay?"

Ich nicke ihr zu.

„Wenn Matteo fragt, sag ihm, ich musste in die Apotheke.

Weg ist sie und ich bleibe verdattert zurück. Valentina entsorgt Essensreste in ihrer Designerhandtasche? Das ist mehr als absurd. Sämtliche Essensreste werden am Abend sowieso unter der Belegschaft verteilt oder weggeworfen.

Instinktiv reiße ich den Kühlschrank auf. Gestern, als ich gegangen bin, lagen noch vier große Packungen mit eingeschweißtem *bresaola* (das ist ein luftgetrockneter Rinderschinken) darin, das weiß ich genau. Jetzt sind es bloß noch zwei.

Mir wird flau im Magen. Entweder hat Matteo gestern Abend noch zwei Pakete verbraucht (was mehr als unwahrscheinlich ist) oder Valentina hat sie mitgehen lassen. Einfach in ihre Designerhandtasche gesteckt.

Angelo hatte also doch recht. Sie klaut. Früher war es nur ein Radiergummi, heute ist es teurer Schinken. Und wer weiß, was sie morgen stiehlt.

„Ah, Liv, du bist ja schon da!"

Matteo kommt, einen Schlager trällernd, in die Küche. „Guckst du, ob was fehlt?"

„Äh, ja", sage ich und lasse den Kühlschrank zuschnappen. Mist, Mist, Mist! Wenn jetzt auffliegt, dass der Schinken fehlt, kann Matteo ebenso gut mich verdächtigen.

„Und? Bereit?" Er streicht sich grinsend über den ausladenden Bauch.

„Fürs *ossobuco?"*

Er schüttelt den Kopf. „Habe Fleisch nicht bekommen. Du machst heute das Tagesgericht. Eine Pasta für Sommer. Rezept iste von meiner *nonna.* Von die – wie sagt man? – Großmutter."

Mein Herz pumpt schneller. Einerseits freue ich mich riesig, andererseits habe ich auch Muffensausen. Nicht, dass ich das Essen versemmele und die Gäste sich am Ende beschweren. Außerdem kreist immer noch die Sache mit Valentina in meinem Kopf herum. Und das fühlt sich gar nicht gut an.

„Guck nicht so mit Sorgenstirn. Keine Problema! Das schaffst du! Nicht so schwere Rezept." Matteo klopft mir auf die Schulter. „Ich helfe dir. Und Valentina ist ja auch noch da."

Er blickt sich in der Küche um. „Wo steckt die Mädchen? Du sie gesehen?"

„Äh, ja, kurz", antworte ich wahrheitsgetreu. „Sie musste in die Apotheke."

„Oh, ist sie krank?"

„Keine Ahnung", murmele ich.

Matteo legt mir eine Liste mit den Zutaten hin: Strauchtomaten, Ricotta, ligurische Oliven, Knoblauch, Basilikum und Parmesan. Ich atme auf. Das klingt nicht besonders kompliziert.

Schon rattert er runter: „Tomaten kleine schneiden, eine oder zwei Knoblauchzehen schälen und pressen, dazumache. Oliven kleine schneiden und mit die Ricotta und ganz viel Basilikum alles vermischen. Salz und Pfeffer – und fertig!" Er grinst mich an.

„Ich muss gar nichts auf dem Herd brutzeln?", frage ich.

Matteo schüttelt den Kopf. „Ist eine Pasta, die im Sommer lauwarm gegessen wird."

Cool. Das Rezept kenne ich nicht, aber mir läuft jetzt schon das Wasser im Mund zusammen.

Als Erstes wasche ich die Tomaten und schneide sie in kleine Stücke. Ein Kinderspiel.

„*Brava*, Liv", sagt Matteo, als er kurz darauf den Tomaten-

berg begutachtet. „Ach, kannst du später auch noch die *carciofi* putze? Brauche ich heute Abend für andere Gericht."
Er zeigt auf die frischen Artischocken, die mit ihren lilagrünen Schuppenblättern wie kleine Kunstwerke aussehen. „Weißt du, wie man den Herz rausholt?"

Ich schüttele den Kopf.

„Valentina hilft dir."

Wie aufs Stichwort kommt sie angehetzt. Ihre blonden kurzen Haare kleben am Nacken und sie hat Schwitzflecken im armeegrünen T-Shirt.

„*Scusa*", ruft sie – das heißt Entschuldigung –, es folgt ein Wortschwall auf Italienisch, von dem ich kein einziges Wort verstehe.

Matteo hört ihr geduldig zu, doch ich sehe ihm an, dass er innerlich kocht. Seine Augenbrauen tanzen, er reibt sich den Trommelbauch und schüttelt unmerklich den Kopf. Nach ein paar gezischten Silben schickt er Valentina gleich wieder hinaus.

„Sie soll sich frisch machen gehen. So verschwitzt in die Küche arbeiten, das geht gar nicht."

Ich zerhacke die ligurischen Oliven, schäle zwei Knoblauchzehen und drücke sie mit einer Knoblauchpresse aus, dann ist Valentina wieder zurück. Sie trägt immer noch das verschwitzte T-Shirt – was soll die Arme auch machen? –, hat sich wohl aber etwas Wasser ins Gesicht gespritzt.

„Was machst du?", erkundigt sie sich.

„Das Tagesgericht. Danach soll ich die Artischocken putzen. Ich hab keine Ahnung, wie das geht."

„Kein Problem. Zeig ich dir."

Während ich alle Zutaten vermenge, den Ricotta und ganz viel Basilikum unterhebe und mit Salz und Pfeffer abschmecke – hm, lecker! –, streift sich Valentina Plastikhandschuhe über und legt los. Sie zupft die unteren Blätter ab, dann kappt sie – zack – die obere Hälfte. Der Rest wird geviertelt, sie schabt das haarige Innere heraus und schneidet das, was übrig bleibt, in feine Scheiben.

„So, und jetzt du."

Bei der ersten Artischocke stelle ich mich noch etwas ungeschickt an, bei der zweiten flutscht es schon besser und bei der dritten bin ich fast genauso schnell wie Valentina.

„Wo hast du eigentlich so lange gesteckt?", will ich wissen.

Valentina scannt blitzschnell die Küche, aber Matteo ist gerade in den Vorratskeller gegangen, um für Weinnachschub zu sorgen.

„Meine Mutter ist krank."

Sie lügt. Bestimmt lügt sie!

„Was hat sie denn?", hake ich nach.

„Geht dich das was an?"

Sie funkelt mich so böse an, dass ich mich kopfschüttelnd abwende. Ich will nicht, dass Angelo recht behält, ich will es einfach nicht, aber warum ist sie auf einmal so komisch zu mir?

„Sorry, Liv, das war nicht so gemeint." Sie parkt ihre Hand auf meiner Schulter. „Ich bin total gestresst. Ma hat einen richtig schlimmen Rheumaschub und alles bleibt an mir hängen."

„Schon okay", sage ich.

Vielleicht ist es ja doch die Wahrheit und ich tue ihr gerade ganz schrecklich unrecht.

Eine Weile arbeiten wir schweigend nebeneinander her. Die Artischocken nehmen einfach kein Ende. Ein paarmal versuche ich das Gespräch wieder in Schwung zu bringen, doch es ist, als hätte Valentina eine unsichtbare Mauer um sich herum aufgebaut.

Matteo schlurft trällernd heran. „Ah, bist du fertig, Liv? Ich darf probieren?"

Mein Herz schlägt schneller, als er einen frischen Löffel aus der Schublade nimmt, in die kalte Ricotta-Masse tunkt und kostet.

Er schmatzt ein bisschen, guckt an die Decke, dann sagt er: „*Buonissimo*, Liv! Perfekt!"

Ich strahle Matteo an. Ein schöneres Kompliment hätte ich gar nicht bekommen können.

„Liv, du kannst jetzt gehen in die Pause." Sein Blick wandert zu Valentina. „Und du machst bitte weiter mit die *ravioli dolci*."

Auch wenn es mich brennend interessiert, wie süße Ravioli zubereitet werden, bin ich erleichtert, dass ich kurz verschnaufen kann. Weil die Stimmung zwischen uns plötzlich so angespannt war. Ich kenne das von Franzi, die manchmal aus heiterem Himmel schlechte Laune bekommt. Dann geht man am besten in Deckung und wartet, bis sie sich wieder eingekriegt hat.

Mit einem Cappuccino setze ich mich unter den Orangenbaum auf der Terrasse, nippe am Kaffee und übertrage das Rezept der sommerlichen Pasta in mein Notizheft. Wie viele Tomaten waren das noch mal? Und wie viel Gramm Ricotta? Und bekommt man den bei uns überhaupt im Supermarkt?

Ich bin ganz in die Arbeit vertieft, als mein Handy piept. Eine Nachricht von Angelo. Mit zittrigen Fingern klicke ich die Nachricht auf:

Um 16 Uhr an unserem Strand? A. ❤

Wusch und wumm macht es in meinem Magen und mein innerer Fahrstuhl rattert los.

Unser Strand – das klingt wunderschön. Dazu das Herz – ist also doch alles okay?

Sehr gerne!, schreibe ich zurück. Und hänge zwei Herzen an. Um bloß einen Augenblick darauf drei Herzen zurückzubekommen.

„Liv?" Matteo tritt auf die Terrasse.

„Ja?"

„Ich will dich nicht in deine Pause störe, aber eine Gast möchte *bresaola* mit Parmesan. Kannst du bitte machen?"

„Yippie, yes!", rufe ich und springe auf.

Matteo guckt mich etwas verdattert an. Bestimmt, weil er nicht versteht, dass mich die Aussicht auf Arbeit derart in Verzückung versetzt.

Eine einzige Herzen-Nachricht von Angelo, und meine Welt ist wieder in Ordnung. Wie einfach das Leben doch manchmal sein kann!

Valentina winkt mir gut gelaunt zu, kaum dass ich zurück bin, doch als ich den Kühlschrank aufziehe, um eine Packung mit Rinderschinken rauszunehmen, erstarre ich. Genau wie gestern Abend liegen wieder vier Packungen im Kühlschrank. Ehrlich, langsam zweifele ich an meinem Verstand.

„Alles okay, Liv?" Valentina wirft mir einen besorgten Blick zu.

„Ja, alles in Ordnung."

Ich lächele sie besonders nett an. Weil ich sie zu Unrecht verdächtigt habe und es irgendwie wiedergutmachen möchte. Wahrscheinlich habe ich mich tatsächlich einfach nur verguckt.

„Wenn du Hilfe brauchst, sag Bescheid, okay?"

„Danke", murmele ich.

Weiter geht's mit der Arbeit. Hätte ich nicht die romantische Verabredung mit Angelo vor mir, könnte ich ewig so mit Matteo und Valentina vor mich hin kochen. Ich helfe, wo ich kann, probiere hier und da und lerne so viel Neues dazu. Über den Einsatz von Kräutern, über das Abschmecken von Soßen und wie man einen Pastateig zubereitet.

Gegen fünfzehn Uhr schließt die Küche, danach heißt es saubermachen. Um kurz nach halb vier sind wir fast fertig – bloß der Boden muss noch gewischt werden – und ich blicke verstohlen auf mein Handy.

„Musst du los?", fragt Valentina.

Ich nicke.

„Dann hau doch ab."

„Ich weiß nicht ..." Ich gucke unsicher zu Matteo rüber, der den großen Spaghettitopf abtrocknet.

„He, Matteo!", ruft Valentina prompt. „Kann Liv gehen?"

„Aber natürlich!" Matteo strahlt mich an. „Du warst eine so große Hilfe! Aber jetzt zisch ab. *Dai!*"

„Bist du mit Angelo verabredet?", raunt Valentina mir zu, als ich mir meinen Rucksack schnappe.

„Ja, wir gehen schwimmen."

Valentina kichert. „Alles klar. So nennt man das also heutzutage."

„Ja, so nennt man das heutzutage."

Sie grinst mich an, wir klatschen ab, und dann mache ich,
dass ich rauskomme.

Der Asphalt schwitzt und die Luft kocht, aber ich tänzele
leicht wie eine Feder durch die Straßen.

Kaum bin ich an der Via Aurelia, piept mein Handy. Wieder
Angelo. Im Schatten einer Palme bleibe ich stehen und klicke neugierig die Nachricht auf.

Tut mir leid, pomodoro, es klappt doch nicht! Ich hatte das
Basketballturnier ganz vergessen. Nicht böse sein!

Baci & abbracci

Angelo

Enttäuscht lasse ich mein Handy sinken.

Tja, Liv, jetzt guckst du blöd aus der Wäsche, was?

Der verarscht dich doch nach Strich und Faden.

Tränen steigen mir in die Augen, während ich weitergehe.

Automatisch bewegen sich meine Beine Richtung Promenade, doch es versetzt mir einen Stich, das glitzernde Meer, all
die Menschen mit ihren Happy-Faces zu sehen, die Liebespaare, die sich an den Händen halten und küssen.

Plötzlich ist die Vorstellung, Mr Smart, Sonia und er könnten zu uns ziehen, einfach nur noch grauenvoll.

„Hey, Liv! Sag mal, bist du blind?"

Ich schrecke aus meinen Gedanken auf und sehe Sonia auf
einer Bank sitzen. Sie trägt eine ziemlich kurze, ziemlich
bunte Tunika und hat ihre sonnengebräunten Beine grazil

umeinandergewickelt. Neben ihr hockt eine alte Frau in einem schwarzen Kostüm und mit dunklen Strümpfen und lächelt verzückt das Meer an.

„Äh, hi. Ich hab dich gar nicht gesehen."

Sonia nimmt die Diven-Sonnenbrille von der Nase und mustert mich wie ein Raubtier. „Du wolltest mich wohl nicht sehen, was?"

„Quatsch!"

Ich bin sogar heilfroh ihr über den Weg zu laufen. Etwas Gesellschaft kann mir in meiner trübsinnigen Verfassung ganz bestimmt nicht schaden. Die alte Frau rutscht ein Stückchen zur Seite, sodass ich mich zwischen sie und Sonia quetschen kann.

„*Grazie*", bedanke ich mich bei der Alten.

Sonia mustert mich von der Seite. „Du siehst echt fertig aus. War das Kochen so anstrengend?"

„Ja, schon. Macht aber wahnsinnig Spaß." Ich erzähle Sonia voller Stolz, dass ich heute das Tagesgericht, eine sommerliche Pasta, ganz allein zubereitet habe. Und dass sich kein einziger Gast beschwert hat.

„Toll", sagt sie, doch es klingt nicht so, als würde sie das besonders interessieren.

„He, was ist los?"

„Mein Fuß. Das ist los." Sie erzählt, dass sie heute zu ihrem Kurs gefahren ist, allerdings nach einer halben Stunde abbrechen musste. „Es ging einfach nicht. Ich kann nicht mal auf der Spitze stehen. Und Sprünge sind sowieso die Hölle."

„Du musst die Verletzung erst richtig ausheilen lassen", sage ich megaschlau. „Nicht, dass es erst richtig schlimm wird."

„Es *ist* schon richtig schlimm." Sie atmet schwer. „Keine Ahnung, ob es überhaupt noch mal wieder gut wird. Ich meine, so gut, dass das mit meiner Profikarriere klappt."

„Sag doch so was nicht."

Sonia blitzt mich an. „Echt, du hast ja überhaupt keine Ahnung."

Die alte Dame beugt sich vor und brummt etwas auf Italienisch zu Sonia, dann steht sie auf und trottet gebückt davon.

„Was hat sie gesagt?"

„Dass wir uns nicht streiten sollen. Und uns lieber jemanden zum Knutschen nehmen sollen."

Während Sonia loskichert und meint, dass die Alte recht hat, steigen mir Tränen in die Augen.

„Weinst du jetzt etwa?" Sonia beugt sich zu mir rüber.

„Nein, tue ich nicht", sage ich und heule wie auf Kommando los. Das ist ziemlich blöd. Und ziemlich peinlich. Und wahrscheinlich passiert mir das auch nur, weil Sonia Angelos Zwillingsschwester ist. Ich sehe immer ein bisschen auch ihn an, wenn ich in ihre nugatbraunen Augen gucke.

„Es ist jetzt aber nicht wegen Angelo, oder?"

„Doch."

„Wieso, habt ihr euch gestritten?"

„Nicht richtig."

„Also was ist los?"

Ich atme einmal tief durch, dann erzähle ich ihr von meiner Vermutung, dass Angelo mit der knusprigen Blondine zusammen ist. Als hätte Sonia einen Hebel bei mir umgelegt, platzt es einfach so aus mir heraus.

„Chiara?" Sonia lacht ungläubig auf. „Niemals."

„Und wieso bist du dir da so sicher?" Ein Anflug von Hoffnung steigt in mir auf.

Sonia zieht ihre Beine an und mein Blick fällt auf die Schwielen und Beulen an ihren Tänzerinnen-Füßen. „Die beiden kennen sich schon ewig. Außerdem wüsste ich ja wohl davon."

„Warum? Weil ihr Zwillinge seid?"

„Keine Ahnung, vielleicht. Ich hab doch auch sofort gemerkt, dass er in dich verknallt ist."

Ich nicke. „Wusstest du, dass er heute ein Basketballtunier hat?"

„Nö. Aber er sagt mir auch nicht immer alles. So wie ich ihm auch nicht erzähle, wann und wie und wo ich trainiere. Wir sind Zwillinge. Aber nicht miteinander verheiratet." Sie reckt und streckt sich, dann steht sie auf. „Kommst du mit? Deine Mutter will kochen."

Ich stöhne auf. Wenn Mama kocht, sucht man besser das Weite.

„Na, hör mal, so schlimm wird's schon nicht werden."

„Denkst du! Was will sie denn kochen?"

„Einen Eintopf."

„Igitt!"

Ich stütze mich an der Banklehne ab, weil mir allein bei der Vorstellung schon schlecht wird. Der einzige Eintopf, den ich je bei Mama gegessen habe, war eine dickflüssige Erbsen-Kartoffel-Suppe, die man vielleicht bei minus zehn Grad runterkriegt, nicht jedoch bei einunddreißig Grad im Schatten.

„Sonia, bitte nicht böse sein, aber da hole ich mir später lieber irgendwo ein Stück Pizza."

„Reingefallen!" Sonia wiehert los und ich lache erleichtert mit ihr. „*Papà* macht eine Pasta mit frischen Tomaten und Garnelen. Aber deine Mama will ihm helfen."

„Auch das kann ziemlich nach hinten losgehen, glaub mir."

„Na, los! Vielleicht ist Angelo ja auch schon wieder da." Sie knufft mich. „Dann könnt ihr nach dem Essen noch ein bisschen knutschen."

Es ist mir peinlich, wenn Sonia so darüber redet, aber natürlich wünsche ich mir nichts sehnlicher als das. Angelo und ich und ein Kuss, der niemals endet.

Die Sonne ist schon hinter dem gegenüberliegenden Haus verschwunden, als wir Mr Smarts himmlische Pasta auf dem Balkon genießen. Die Tomatensoße hat eine leichte Schärfe, die Scampi sind zart und schmecken leicht nussig. Weil ich ja keine Italienerin bin, reibe ich ordentlich Parmesan über meine Portion. Sonia verdreht die Augen, doch das ist mir egal.

Während sie wie üblich alle zwei Minuten ihr Handy unter dem Tisch checkt, erzählt Mr Smart von der Comic-Übersetzung, mit der er sich nach wie vor schwertut, dann kommt Mama auf das Büchercafé zu sprechen, das sie nach unserer Rückkehr renovieren will. Ihr schwebt eine Wand mit einer gemusterten Tapete in Rottönen vor, portugiesische Kacheln am Tresen und neue Bistrostühle.

„Was meint ihr? Lieber weiße oder rote?" Ihr Blick geht zu mir.

„Keine Ahnung", sage ich. „Sie müssen dir und Anett gefallen."

Offen gestanden bin ich nicht ganz bei der Sache. Es macht mich nervös, dass Angelo immer noch nicht aufgekreuzt ist. Laut Roberto hätte er längst hier sein müssen.

„Wann streichen wir denn nun endlich die Küche?", will Sonia wissen.

„Vielleicht am Wochenende, *tesoro*", antwortet Mr Smart.
„Da soll es etwas abkühlen. Angelo und ich müssen auch
erst die Farbe besorgen."

„Also, wenn der Junge nicht bald kommt, ist die Pasta kalt",
sagt Mama.

„Mach dir keine Sorgen, der *Junge* wird nicht verhungern."
Roberto streichelt Mamas Wange und ich bin ein bisschen
neidisch. Die beiden sind immer noch bis zum Anschlag
verliebt und nutzen jede Gelegenheit, um sich anzufassen.

„Nach dem Spiel wird die Mannschaft ja meistens noch von
all den Groupies belagert und ..." Er schaut in meine Richtung. „Liv, warum bist du eigentlich nicht dabei?"

*Gute Frage! Eine wirklich SEHR gute Frage! Nur weiß ich da-
rauf leider keine Antwort.*

Mama tunkt ein Stückchen Weißbrot in den Sud und sagt:
„Liv interessiert sich ja auch nicht so für Basketball."

Bevor ich etwas erwidern kann, höre ich den Schlüssel in
der Haustür. Ein hyperfröhliches *Hallo, bin wieder da!* ertönt, etwas poltert, dann torkelt Angelo herein, als wäre er
betrunken.

„Wir haben gewonnen! 13:3!"

Er reißt die Arme hoch, springt in die Luft und stößt Ur-
schreie aus. So seltsam überdreht kenne ich ihn gar nicht.

„*Auguri!*", sagt Mr Smart.

Auch Mama beglückwünscht ihn, nur Sonia isst weiter.

Im nächsten Moment ist er bei mir und küsst mich so stürmisch auf den Mund, dass ich fast vom Stuhl kippe.

„Das war so ein cooles Spiel!", säuselt er mir ins Ohr. „Schade, dass du nicht dabei warst."

Er lässt wieder von mir ab, häuft sich den Rest Nudeln auf und beginnt schon sie in sich hineinzuschaufeln.

„Äh, Angelo?" Sonia rempelt ihren Bruder an. „Dir isst hier niemand was weg."

„Sorry, aber ich hab Hunger! Und ich muss gleich noch mal weg."

HALLO? Wo bitte schön will Angelo denn jetzt noch hin?

„Feiert ihr noch?", will Roberto wissen. „Dann nimm aber deine Freundin mit. Die fühlt sich schon ganz vernachlässigt."

Na, toll, Mr Smart! Großartig gemacht! Jetzt denkt Angelo doch, dass ich die totale Heulsuse bin!

Angelo guckt in meine Richtung und seine Augenbrauen verengen sich unmerklich. „Tut mir leid, Liv, ich … Ich muss noch mal mit Chiara reden. Es ist sehr wichtig."

Mir wird schlecht, richtig kotzübel.

Mr Smart sieht seinen Sohn verwundert an, Mama runzelt die Stirn, und Sonia hat eine Gedankenblase über ihrem Kopf schweben, in der steht: *Hat Liv etwa doch recht und Angelo knutscht mit Chiara?*

Und ich? Keine Ahnung, was ich tue. Wahrscheinlich mit

verkniffenem Mund ins Nichts starren. Wie eine eifersüchtige Kuh. Und falls Angelo zufällig in meine Richtung guckt, wird er denken, ich lass mich von der doch nicht in einen Käfig sperren. Wenn ich Chiara treffen will, dann tue ich es, und basta.

Aber er guckt nicht in meine Richtung. Weil er gar nicht schnell genug essen kann, um endlich wegzukommen. Kaum ist sein Teller leer, springt er auch schon wieder auf, streicht sich eine verschwitzte Locke aus der Stirn und sagt mit rauer Stimme: „Bis später." Und zu mir: „Dauert nicht lange, Liv. Versprochen."

Weg ist er, und ich fühle mich, als würde mich ein riesengroßes schwarzes Loch aufsaugen.

Leitungswasser und trockene Kekse

Es ist heiß und stickig in Sonias Zimmer und ich kann nicht schlafen. Ich kann auch nicht lesen, weil die Gedanken dann umso wilder kreisen und ich vom Inhalt des Buches sowieso nichts mitbekommen würde. Also liege ich still da, lausche dem Gebrabbel der Leute, die unterm Fenster vorbeispazieren, den entfernten Vespa-Geräuschen und Sonias Geschnorchel und Geröchel. Ich kenne das ja und habe mich fast schon daran gewöhnt, aber heute macht es mich halb wahnsinnig.

Ich muss doch eingeschlafen sein, denn ich schrecke davon hoch, dass es leise an die Tür pocht. Und gleich noch einmal. Sonia zappelt mit den Beinen und schnarcht gleich weiter.

Steh auf, Liv. Vielleicht ist es Angelo.

Na, super. Was sollte er denn mitten in der Nacht von mir wollen?

Vielleicht hat er dir was Wichtiges zu sagen.

Äh, und was?

Keine Ahnung. Dass er dich liebt ... Dass er dich nicht liebt ...
Dass er dich liebt ...

Ich wälze mich auf die andere Seite, da geht die Tür auf.

„Liv? Schläfst du schon?"

Das ist die hammerkratzige Hammertypen-Stimme, die mir
immer Schauer über den Rücken jagt.

Ich schieße in die Senkrechte. „Wonach sieht's denn aus?"

„Sorry, ich wollte dich nicht wecken, ich dachte nur ..."

WAS? Was? WAS?

„Ich muss dir was sagen."

Mein Herz rast wie ein Ferrari auf dem Nürburgring.

Ich hab's gewusst! ICH HAB'S DOCH GEWUSST!

„Kommst du kurz in die Küche?"

„Okay, gib mir eine Sekunde."

Während Angelo schon vorgeht, schütte ich mir im Bad
eine Ladung kaltes Wasser ins Gesicht. Damit ich nicht wie
ein verquollenes Monstrum aussehe. Den Mund ausspülen
für den frischen Atem, dann husche ich auf nackten Sohlen
nach nebenan.

Angelo sitzt am Küchentisch.

„Und?", sage ich und lasse mich auf meinen Lieblingsplatz
am Fenster sinken. „Willst du Schluss machen?" Angriff ist
die beste Verteidigung.

„Wie bitte?"

„Ob du Schluss machen willst?", wiederhole ich.

Angelo blickt mich verstört an. „Wieso das denn?"

„Weil du lieber mit Chiara zusammen sein möchtest?"

Schweigen. Angelo schweigt! Und da ich nicht ganz blöd bin, weiß ich sehr wohl, was das zu bedeuten hat.

„Hör mal zu, Liv." Er greift nach meiner Hand, aber ich entziehe sie ihm gleich wieder. „Ich will nicht mit Chiara zusammen sein. Weil ich mit *dir* zusammen bin. Und weil ich *dich* liebe, kapiert?"

Mein Mund fühlt sich plötzlich staubtrocken an und ich gieße mir ein Glas Wasser ein.

„Ehrlich?", sage ich, nachdem ich einen großen Schluck genommen habe.

„Ehrlich, *pomodoro*."

„Und warum hängst du dann ständig mit Chiara rum?"

„Weil ..." Angelos Hände wirbeln durch die Luft. „Weil sie ein Problem hat. Und ich versuche ihr dabei zu helfen."

„Was für ein Problem?"

„Dazu darf ich leider nichts sagen. Das habe ich ihr versprochen."

Rums saust ein ligurischer Steinbrocken in meinen Magen.

Das ist doch alles Mist, Mist, Mist!

Nicht heulen, Liv. Bitte nicht heulen.

Ich atme einmal tief durch und frage: „Und warum musst ausgerechnet du ihr bei ihrem Problem helfen?"

„Weil sie eine gute Freundin ist. Und weil sie sonst niemanden hat."

„Aber dir ist schon klar, dass ich nicht mehr ewig hier bin."

Angelo nickt. Und schweigt wieder. Und wischt einen Wassertropfen vom Tisch.

„Das ist doof, Angelo. Einfach voll bescheuert!"

„Ich weiß, nur ..." Er sieht mich an und seine Nugataugen sind in der funzeligen Beleuchtung so dunkel wie Espresso. „Vertrau mir bitte!"

Abermals greift er nach meiner Hand, und ich lasse sie dort, wo sie ist. Es fühlt sich so gut an. Ich könnte meine Hand ewig in seiner liegen lassen.

„Dann ist wieder alles gut zwischen uns?"

Ich nicke. Es ist ein halbherziges Nicken, denn ich bin mir nicht sicher, ob das so stimmt. Ich nehme meinen ganzen Mut zusammen und sage:

„Trotzdem wäre es schön, wenn wir wieder mehr Zeit miteinander verbringen. So wie am Anfang."

Angelo runzelt die Stirn. „Wie soll das gehen? Ich muss jobben. Du jobbst ..."

„Aber den Rest der Zeit ... Was ist mit dem Rest der Zeit?"

Stille. Nur der Wasserhahn tropft. Im nächsten Moment entzieht Angelo mir langsam die Hand und sagt: „Okay, ich versuch's. Aber ich kann dir nichts versprechen."

Ich kann dir nichts versprechen. Der Satz hallt noch lange in meinem Kopf nach, auch als ich längst wieder auf der Matratze in Sonias Zimmer liege.

Nein, ich bin nicht glücklich. Denn irgendwas ist anders zwischen Angelo und mir. Das spüre ich. Und ich weiß auch nicht, wie lange ich diese Ungewissheit noch aushalte.

Brötchen mit Büffelmozzarella, Schinken und Rucola

Auch am nächsten Morgen schwankt meine Stimmung zwischen antarktischer Minustemperatur und Gefrierpunkt. Grund dafür ist Franzi. Also, nicht Franzi als Mensch und beste Freundin, sondern die Nachricht, mit der sie mich um kurz nach sieben aus dem Tiefschlaf reißt.
Piep, piep macht mein Handy und ich sitze senkrecht.
Ich wette, Angelo war die ganze Zeit mit dieser Chiara zusammen, lese ich. Er wäre nicht der erste Typ, der zwei Freundinnen parallel hat, ohne dass die andere davon weiß. Was aber nicht heißt, dass er dich nicht liebt. Er liebt dich bestimmt.
Ganz toll! Superschlaue Erkenntnis. Ich will den Gedanken nicht mal denken. Ein Junge, der zweigleisig fährt, wäre für mich sofort gestorben.
Mann, Franzi, ich schlafe noch!
Sorry, schlaf weiter. Ich melde mich später. Es ist hier nur so langweilig ohne dich.

Ich mache die Augen wieder zu, doch schon piept mein Handy erneut.

Sonia brummelt etwas und strampelt das Laken weg, aber gleich darauf kommen wieder gleichmäßige Atemzüge aus ihrem Bett.

Ich klicke die Nachricht auf.

Wie, es ist langweilig ohne Liv?, lese ich von Pauline, die wohl ebenfalls aus dem Bett gefallen ist. Bin ich vielleicht auch noch da?

Ja, zum Glück!, schreibt Franzi und schickt eine Flut von Herzchen, Knutschmündern und anderen Emoticons hinterher.

Sehen wir uns später im Schwimmbad?

Klar. So gegen elf?

Pauline bestätigt die Verabredung, und das erste Mal, seit ich in Italien bin, verspüre ich einen Stich. Weil sich die beiden heute treffen und bis zum Umfallen quatschen können, einfach so. Und weil ich so gerne bei ihnen wäre, denn dann könnten sie mich vielleicht ein bisschen trösten.

Beim Frühstück – Angelo hat Hörnchen mit Aprikosenfüllung vom Bäcker geholt – beobachte ich ihn ganz genau. Sein Lächeln sieht für mich warm und randvoll mit echten Gefühlen aus. Und dann fasse ich einen Entschluss: Ich will versuchen ihm zu vertrauen. Weil ich ihn liebe. Und weil ich nicht möchte, dass es vorbei ist, bevor es richtig angefangen hat. Roberto kommt, nach Aftershave duftend, in die Küche und fragt, ob wir Lust auf einen Ausflug hätten. Wir könnten uns ein paar hübsche Orte anschauen, baden und irgendwo was Leckeres essen.

„Von mir aus", sagt Sonia, die schon seit ewigen Zeiten ihr Croissant in den Kaffee tunkt. Auf der Oberfläche schwimmen bereits unansehnliche Brocken.

Mama strahlt Mr Smart an. „Also, ich würde schrecklich gerne mal Finale Ligure sehen. Anett hat so davon geschwärmt." Die beiden küssen sich so innig, als hätten sie sich heute noch nicht gesehen. Dann wendet sich Mr Smart Angelo und mir zu: „Was ist mit euch? Kommt ihr auch mit?"

Angelo wirft mir einen traurigen Blick zu, dann schüttelt er den Kopf. „Ich hab Gesangsstunde und später muss ich in der Eisdiele aushelfen. Giuseppe ist krank."

„Und du, Liv?", fragt Roberto.

„Äh, nee, Matteo hat mich in der Trattoria eingeplant."

„Aber ihr sollt doch nicht immer nur arbeiten", wendet Mama ein. „Ihr habt Ferien!"

Das stimmt schon, doch zufälligerweise macht mir die Arbeit Spaß und sie lenkt mich von Angelo ab. Ich glaube, es würde mich ziemlich traurig machen, ohne ihn durch egal welchen Ort zu streifen.

„Dann lasst uns doch heute Abend alle gemeinsam essen gehen", schlägt Mr Smart vor.

Sein Handy klingelt, er geht kurz raus, aber als er zurückkommt, hat er Sorgenfalten auf der Stirn. „Das war mein Lektor. Ich muss noch den Klappentext ins Italienische übersetzen und die Biografie der Autorin." Er seufzt leise. „Tut mir leid, Julia. Das wird wohl nichts."

„Schon okay", sagt Mama, doch ich sehe ihr an, wie enttäuscht sie ist. Auch sie hat wegen Robertos Arbeit bisher nicht besonders viel von ihrem Liebsten und ihren Ferien gehabt. Die meiste Zeit hat sie sich in der Wohnung nützlich gemacht oder lesend auf dem Balkon gesessen.

Beim Abräumen des Küchentischs passiert es dann. Eine ungeschickte Bewegung und mir rutscht die halb volle Kaffeetasse aus der Hand. Wieder überall Spritzer. Und weil ich gleich losmuss, schaffe ich es nicht mal mehr, das Gröbste zu beseitigen.

Bravo, Liv, gut gemacht! Eins zu null für die Fettnäpfchen-Queen!

Doch Mr Smart meint nur amüsiert: „Was für ein Glück, dass wir noch nicht gestrichen haben."

„Du bist ja echt ganz schön durcheinander", sagt Sonia, als wir kurz darauf beim Zähneputzen im Bad aufeinandertreffen. Sie sagt es nicht vorwurfsvoll, es ist einfach nur eine Feststellung.

Ich starre sie an. „Denkst du jetzt auch, dass Chiara und Angelo ..."

„Nein, das denke ich nicht. Aber du weißt schon, dass Eifersucht jede Liebe kaputt macht, oder?"

Sie schiebt mich aus dem Bad, weil sie mal muss, und ich bleibe verwirrt mit der Zahnbürste im Mund auf dem Flur stehen. So habe ich das überhaupt noch nicht gesehen. Also, dass Angelo meine Eifersucht nerven und vielleicht erst recht in Chiaras Arme treiben könnte.

Gedämpftes Gitarrenspiel kommt aus seinem Zimmer, als ich kurz darauf meinen Rucksack holen will. Die Melodie, an der er in der Zwischenzeit weitergeschrieben hat, klingt so sehnsüchtig, so zärtlich, dass ich am liebsten in sein Zimmer stürmen, ihn küssen und den Tag in der Trattoria sausen lassen würde.

Tu's, Liv!

Aber das geht nicht. Matteo verlässt sich drauf, dass ich gleich komme.

Bist du in Matteo verliebt oder in Angelo?

Ich drehe eine Extrarunde auf dem Flur, erst dann traue ich mich zu klopfen. Nur ganz sacht, aber die Gitarre ist verstummt.

„Kann ich kurz reinkommen?"

Ich höre seine Stimme, bestimmt hat er *ja* gesagt, und drücke die Klinke runter.

Angelo steht mit dem Rücken zu mir, das Handy am Ohr, und seine freie Hand malt Zickzackmuster in der Luft.

„Chiara!", bellt er. Es folgt ein Wortschwall, von dem ich kein Wort verstehe.
Plötzlich fährt er herum und wir starren uns an.
„Kann ich bitte kurz zu Ende telefonieren?"
„Sorry", sage ich leise und ziehe die Tür blitzschnell hinter mir zu.
Jetzt reicht's! Ich will weg. Einfach nur weg! Rasch hole ich meinen Rucksack aus Sonias Zimmer, dann schlüpfe ich in meine Sneakers und zische ab. Keine Ahnung, was für ein abartiges Spiel Chiara und Angelo miteinander spielen, aber langsam ist es mir auch egal.

Der Sommertag ist heiß, der Himmel milchig blau, doch ich nehme das alles kaum wahr. Vielleicht sollte ich Mama vorschlagen früher abzureisen. Zum Beispiel morgen. Wir lassen den günstigen Rückflug verfallen und fahren mit der Bahn. Dann wäre ich bereits morgen Abend zu Hause. Bei Franzi, Pauline und Nick. Und vielleicht könnte ich so tun, als wäre das alles niemals passiert.
Wenige Meter vor der Trattoria entdecke ich Valentina auf der gegenüberliegenden Straßenseite. Sie flitzt über den Asphalt, die Arme angewinkelt, ihre Designerhandtasche schwingt im Takt ihrer Schritte vor und zurück.

„Hey! Valentina!"

Ihr Kopf geht in meine Richtung, sie hebt nur knapp die Hand und hetzt bereits weiter. Vielleicht soll sie ja etwas besorgen, was Matteo heute Morgen auf dem Großmarkt vergessen hat, und ist deshalb so in Eile.

„*Buongiorno!*", sage ich, als ich die Tür zur Trattoria aufstoße. Stella steht vor Matteo an der Espressomaschine und redet mit den Händen fuchtelnd auf ihn ein. Die beiden nehmen mich nicht mal wahr. Ich will nicht stören und flutsche an ihnen vorbei in die Küche.

Himmel, was für ein Durcheinander! Irgendjemand hat die Plastiktüten mit dem Gemüse in die Spüle gestopft, daneben stapelt sich dreckiges Geschirr und auf der Arbeitsplatte liegt ein Huhn neben ein paar Knoblauchknollen.

Ich decke das Huhn mit Alufolie ab, dann mache ich mich daran, den Knoblauch zu schälen.

Wenige Minuten später taucht Matteo endlich in der Küche auf.

„*Buongiorno*, Liv", sagt er freundlich wie immer. „Ah, danke für die Knoblauch. 'tschuldigung, aber es gab kleine Panne heute Morgen."

„Was für eine Panne?", frage ich. Hoffentlich ist keins der teuren Küchengeräte kaputtgegangen.

Matteo winkt ärgerlich ab. Anscheinend will er nicht darüber reden.

„Kannst du machen die *carote* fertig?", fragt er und reicht mir eine Tüte mit Möhren.

„*Sì, subito*", antworte ich auf Italienisch. Das heißt *ja, sofort*. Trällert Matteo für gewöhnlich italienische Schlager oder erzählt Anekdoten aus seiner Zeit in Deutschland, arbeitet er heute schweigend vor sich hin. Er wäscht das Huhn und tupft es ab, dann stopft er einen Zweig Rosmarin, ein paar Knoblauchzehen und vier Zitronenscheiben hinein.

„Wann kommt eigentlich Valentina?", traue ich mich endlich zu fragen, als das Huhn schon im Ofen brutzelt und einen leckeren Duft verströmt.

„Valentina?" Matteo sieht mich mit gerunzelter Stirn an. „Die Mädchen kommen nicht mehr."

„Wieso nicht?", frage ich überrascht.

„Stella hat sie ...", seine Hand fährt wie ein Riesenrad durch die Luft, „rausgeschmissen."

Mir rutscht der Sparschäler aus der Hand, die Möhre plumpst gleich hinterher und kullert über den Boden. Rasch bücke ich mich danach.

„Also gut, dann sage ich dir jetzt ..." Matteo tupft sich mit einem Stück Küchenkrepp den Schweiß von der Stirn. „Sie hat die ganze Geld aus der Kasse genommen. Heute Morgen. Stella hat sie dabei erwischt."

Ich bin so geschockt, dass ich keinen Ton rausbringe.

Matteo erzählt weiter, dass Stella bereits früher Unregelmäßigkeiten aufgefallen seien, diese aber ihrer eigenen Schusseligkeit zugeschrieben habe.

„Was meinst du mit Unregelmäßigkeiten?" Meine Stimme zittert.

„Mal war eine Wurst verschwunden, die richtig gute *salsiccia*, mal ein paar Euro von die Trinkgeld … die hat Stella neben der Kasse in einem Glas … und gestern erst eine Packung *bresaola*."

Der luftgetrocknete Rinderschinken … Also habe ich mich doch nicht verguckt. Ich erzähle Matteo, dass mir der fehlende Schinken gestern Morgen auch aufgefallen sei, später aber wieder zwei Packungen mehr im Kühlschrank gelegen hätten.

„Das war ich. Ich dachte, Schinken ist eben alle, und hab welche nachgekauft." Matteo nickt traurig. „Ist sehr schade mit die Mädchen. Valentina ist eine wirklich gute Köchin, ich hätte ihr so gerne Chance gegeben. Aber Stella meint, eine Diebin, das geht nicht in ihre Trattoria."

Natürlich hat Matteo recht. Aber ich bin doppelt enttäuscht, weil es sich anfühlt, als hätte ich nicht nur eine tolle Kollegin, sondern auch eine Beinahe-Freundin verloren.

„Tut mir leid", meint Matteo und lächelt, als müsse er sich selbst Mut zusprechen. „Ich suche neue Hilfe für die Küche. Vielleicht finde ich eine und mit die Mädchen verstehst du dich genauso gut wie mit Valentina."

„Ja, bestimmt", sage ich, dann putze ich weiter Möhren, als sei überhaupt nichts geschehen. Dabei dreht sich mein Gedankenkarussell so schnell, dass mir beinahe schwindelig wird.

Hat Angelo also doch recht gehabt, als er mich vor ihr gewarnt hat! So ein Mist! Hätte Mama sich bloß nie in Roberto verliebt! Dann hätte ich mich auch nicht in Angelo verliebt!. Ich wäre auch niemals mit Mama nach Italien gefahren! Ich wüsste nicht, wie grausam sich Liebeskummer anfühlt! Und ich wäre jetzt auch nicht auf ein Mädchen sauer, das mein Vertrauen nicht verdient hat!

„Liv?"

Matteo steht vor mir und hält mir einen Teller mit einem belegten Brötchen und einen Cappuccino hin.

„Ich mache dir ein Vorschlag. Du isst jetzt das *panino* und dann gehst du nach Hause. *D'accordo?* Ich sehe doch, dass es dir nicht gut geht. Ist wegen Valentina, hm?"

Ich starre auf das Herz, das Matteo liebevoll in den Milchschaum auf dem Kaffee gezaubert hat, und nicke langsam.

„Aber es ist so viel zu tun. Das schaffst du nicht alles alleine."

„Natürlich schaffe ich! Ich schaffe alles! Ich starke, große Mann!"

Er trommelt sich auf den dicken Bauch und ich muss lachen.

„So, und jetzt hau ab! Zieh Leine! *Dai!* Morgen sehen wir uns wieder."

Ich bedanke mich – Matteo ist so unfassbar nett –, dann setze ich mich mit dem Brötchen, das megalecker mit Büffelmozzarella, hauchdünnem Schinken und zarten, hellgrünen Rucolablättern belegt ist, auf die Terrasse unter den Orangenbaum. Nach ein paar Bissen fühle ich mich schon ein bisschen besser.

Das Handy in meiner Hosentasche klingelt und mein Herz bleibt beinahe stehen. Das tut es immer, wenn Angelos Foto auf meinem Display erscheint.

„Hi", sage ich, als ich rangehe.

„*Ciao*, Liv. Wie geht's?"

„Äh, gut."

Nein, es geht mir schlecht, richtig ultramies! Wegen Chiara und dir, aber auch wegen Valentina, die nicht nur Radiergummis klaut.

„Störe ich dich bei der Arbeit?"

„Nein, ich bin gerade fertig. Matteo braucht mich heute nicht. Ich esse nur noch schnell was, dann ..."

„Das heißt, du bist jetzt noch in der Trattoria?"

„Wieso fragst du?"

„Hast du Zeit zu reden? Ich komm kurz rum."

„Ja, klar", presse ich hervor und lege das leckere *panino* auf dem Teller ab. Keinen Bissen werde ich mehr davon runterkriegen, nicht mal einen winzigen Krümel.

Angelo möchte mit mir reden. Jetzt gleich. Das kann nur

eins bedeuten: Er hat vor, mit mir Schluss zu machen. Eigentlich will ich nur wegrennen, aber ich fühle mich wie am Stuhl festgetackert.

Ich starre auf das Brötchen. *Zwei dicke Scheiben Mozzarella, ein Hauch von* einer *Schinkenscheibe, ein paar Blätter Rucola,* notiere ich in Gedanken. Meine Hände zittern so sehr, dass ich es nicht schaffe, mein Rezeptheft aus dem Rucksack zu nehmen, um es rasch aufzuschreiben. Fünf Minuten vergehen, zehn, bald ist schon eine Dreiviertelstunde vergangen und Angelo ist immer noch nicht aufgekreuzt.

So lasse ich mich nicht behandeln! Von niemandem! Das ist einfach nur respektlos! Entschlossen stemme ich mich am Tisch hoch, schultere meinen Rucksack und nehme den Teller mit dem angeknabberten *panino,* um ihn in die Küche zu tragen.

In der Terrassentür pralle ich fast mit einem Mädchen zusammen. Erst sehe ich nur eine blonde Wallewallemähne, dann den ganzen Rest. Chiara. Chiara auf Mörder-Highheels und mit einer dicken Kette um den Hals. Die hat mir gerade noch gefehlt. Was habe ich eigentlich verbrochen, dass mir immer nur so haarsträubende Dinge passieren?

„Hi", sagt sie.

„Hi", erwidere ich und will mich mit dem Teller an ihr vorbeidrücken, aber sie hält mich am Arm fest. Es fühlt sich an wie ein Stromschlag und ich zucke zurück.

„Angelo schickt mich", fährt sie fort. „Er hat gesagt, ich soll mit dir reden."

Hallo, geht's noch? Ist er jetzt auch noch zu feige, um selbst mit mir Schluss zu machen?

„Wozu?" Ich hoffe, ich klinge kühl wie eine Cola mit viel Eis.

„Können wir uns kurz setzen?"

Chiaras Englisch ist gut. Besser, als ich es erwartet habe. Trotzdem will ich mich nicht mit ihr hinsetzen. Und ich will auch nicht mit ihr reden.

„Bitte!", sagt sie und stemmt ihre Hände in die schmalen Hüften.

„Okay." Sicherheitshalber wähle ich den Tisch an der Tür. So kann ich schnell abhauen, sollte es mir zu viel werden.

Chiara verschraubt ihre Beine ineinander, dann stützt sie die Ellbogen auf und schiebt ihre Sonnenbrille ins Haar. Irgendwie hat sie unheimliche Augen. So riesig, so braun, so starr.

„Angelo macht sich Sorgen um mich", sagt sie nach ein paar Schweigesekunden.

Ach, wirklich? Ist ja mal interessant.

„Warum?", frage ich.

Chiara schüttelt den Kopf und schweigt trotzig.

„Ich muss jetzt echt los", sage ich und stehe auf. Ich ertrage es nicht eine Sekunde länger, hier herumzusitzen.

„Warte!" Sie fährt vom Stuhl hoch und hält mich am Arm

fest. Ihre Nägel krallen sich wie bei einem Raubtier in meinen Unterarm. „Angelo findet, dass ich zu wenig esse." Sie lockert ihren Griff. „Was natürlich Quatsch ist. Aber deswegen verbringt er so viel Zeit mit mir."

Häh? Angelo guckt Chiara beim Nicht-Essen zu, oder wie soll ich das verstehen? Sorry, wenn ich kurz mal lachen muss.

„Er glaubt, ich bin krank", fährt sie gedämpft fort.

„Wie jetzt?", hake ich nach.

Chiara wischt mit der Hand durch die Luft. „Alles Quatsch, was er mir da einredet."

„Was redet er dir denn ein?"

Sie gackert los. Ein bisschen zu hysterisch, finde ich. „Dass ich ... ähm ... auf Englisch nennt man das *anorexia* ... also, dass ich *anorexia* habe."

Anorexia, rattert es durch meinen Kopf. Und dann macht es plötzlich bei mir klick. „Angelo glaubt, du bist magersüchtig?"

Chiara nickt, und erst jetzt fallen mir ihre megaweite Tunika und die schlabberige Culotte auf, die nichts von ihrer Figur preisgeben.

„Und? Bist du's?"

„Natürlich nicht!"

Sie wirkt fast ein bisschen irre, als sie sich durch den Stoff hindurch überall am Körper kneift. Am Bauch, an der Hüfte und an den Oberschenkeln.

„Aber dick bist du nicht gerade", sage ich vorsichtig.

„Findest du? Dann guck mal hier!" Sie reißt die Tunika hoch, und das, was ich sehe, lässt mein Herz einen Takt lang aussetzen. Chiaras Hüftknochen und ihre Rippen stehen gespenstisch hervor. Wo ihr Bauch sein sollte, befindet sich eine Kuhle.

Schon zieht sie die Tunika wieder runter und schaut mich Beifall heischend an. „Drei Kilo müssen noch runter. Mindestens."

Ich weiß nicht, was ich dazu sagen soll. Ich bin einfach nur schockiert.

„Chiara ..." Meine Stimme klingt brüchig. „Du solltest zum Arzt gehen."

„Nein!", kräht sie und wie aufs Stichwort bekommt sie feuchte Augen. „Da war ich schon ... der ist verrückt ... der will mich ins Krankenhaus stecken ..., aber das lasse ich nicht zu!"

Tränen laufen ihr jetzt über die Wangen.

Aus einem unerklärlichen Impuls heraus nehme ich Chiara, eben noch meine Erzfeindin, plötzlich in den Arm.

„Angelo und ich sind nicht zusammen", schluchzt sie an meiner Schulter. „Wir haben uns nur einmal geküsst, da waren wir zwölf."

Sie weint heftiger und ich versuche sie mit leisen Pscht-Lauten zu beruhigen. Es wäre jetzt gut, Franzi an meiner

Seite zu haben. Oder Pauline, die mir erklärt, was man in so einem Moment zu tun hat.

Total überfordert krame ich in meinem Rucksack nach einem Taschentuch und halte es ihr hin.

Sie schnäuzt sich, dann blickt sie mich aus ihren riesigen, traurigen Augen an, und ich weiß überhaupt nicht mehr, was ich denken und fühlen soll. Da ist der Schock, dass Chiara anscheinend ein echtes Problem hat, es jedoch nicht wahrhaben will, aber auch die Erleichterung darüber, dass Angelo nicht gelogen hat.

„Ich komm schon klar", sagt sie und wischt sich die verlaufene Mascara unter den Augen weg. „Ich wollte dir das nur sagen. Angelo war das sehr wichtig. *Ciao*, Liv."

Dann geht sie, ein Schatten ihrer selbst, und ich schäme mich.

Weil ich Angelo nicht geglaubt habe.

Schreib ihm, Liv!

Und was?

Dass du ihn liebst! Was sonst?

Ist das nicht ... zu kitschig?

Quatsch, Gefühle können gar nicht kitschig sind. Nicht, wenn sie echt sind.

Zögerlich nehme ich mein Handy raus, dann tippe ich mit klopfendem Herzen: *Ti amo*. Das heißt *Ich liebe dich*. Nie zuvor habe ich es jemandem gesagt oder geschrieben, in keiner Sprache dieser Welt. Mein Herz hämmert, als ich auf *Senden* drücke.

Kurz darauf piept mein Handy und ich lese:

Ti amo anch'io.

Das heißt, ich liebe dich auch.

Und mit dem breitesten Smiley-Lächeln, das je ein Mädchen in Ligurien gelächelt hat, mache ich mich auf den Weg zur Eisdiele.

Pfirsiche & Pasta mit getrockneten Tomaten & köstliche Küsse

Wir stehen im Hinterhof des *Profumo* zwischen parkenden Vespas und einem duftenden Oleander und küssen uns. Das Sahneschnittchen und ich. Es ist ein oberwahnwitziger Hammerkuss, der wie ein Orkan durch meinen Körper fegt – und dann regnet es plötzlich Oleanderblüten. Ein Windstoß hat sie aufgewirbelt und lässt sie wie Schneeflocken über den Hof treiben. Schneeflocken bei dreißig Grad im Schatten. Es ist wie im Film!

Wir hören erst auf uns zu küssen, als ein Mann auf den Hof kommt und seine Vespa aufschließt.

„Musst du nicht weiterarbeiten?", frage ich Angelo.

„Gleich." Er pflückt eine Blüte aus meinem Haar und hält sie mir hin.

Der Mann guckt zu uns rüber, reckt den Daumen in die Höhe, dann wirft er die Vespa an und knattert los.

Kaum ist er weg, bewegen sich unsere Münder schon wieder aufeinander zu. Wir küssen uns atemlos, einmal, zweimal, erst danach reden wir. Ich gestehe Angelo, wie eifersüchtig ich auf Chiara war, weil ich einfach nicht glauben konnte, dass nichts zwischen ihnen läuft.

„Ich weiß." Er streicht mir zärtlich über die Wange. „Deswegen habe ich sie ja auch zu dir geschickt. Du hättest mir nie geglaubt."

„Warum durftest du mir eigentlich nichts sagen? Ich hätte das doch verstanden."

Angelo kickt ein paar Steinchen weg. „Ich glaube, Chiara schämt sich. Weil sie insgeheim weiß, dass was nicht mit ihr stimmt." Seine Augen irren umher, dann sieht er mich an. Diese Nugataugen. Sie hauen mich immer wieder um.

„Manchmal war ich auch kurz davor, dir alles zu erzählen", fährt er fort. „Ich hasse Heimlichtuereien."

„Und das Basketballspiel?"

„Das hatte ich wirklich vergessen, *pomodoro*. Ich hoffe, du nimmst mir das nicht übel."

Ich schüttele den Kopf. Mir ist schon klar, dass ich Angelo nicht gepachtet habe.

Angelo seufzt tief. „Ganz ehrlich, langsam weiß ich nicht mehr weiter. Chiara wird dünner und dünner."

„Was machst du eigentlich, wenn du bei ihr bist? Redest du die ganze Zeit auf sie ein?"

Angelo lacht heiser auf. „Wenn ich dir das sage, zeigst du mir einen Vogel."

„Das Risiko nehme ich in Kauf." Meine Finger gleiten über seinen samtweichen Arm, dann stupse ich ihn aufmunternd an.

„Okay. Ich setze mich beim Essen neben sie und checke, ob sie auch alles aufisst."

„Nicht dein Ernst!"

„Doch. Ich kontrolliere jeden Bissen, den sie von ihrer Pasta oder von ihrem Salat nimmt. Und danach muss ich auch noch auf sie aufpassen, damit sie nicht heimlich aufs Klo rennt und sich den Finger in den Hals steckt."

Ich starre Angelo fassungslos an. Unvorstellbar, dass es Menschen gibt, die keine Freude am Essen haben. Die sich jeden Genuss verbieten. Die der köstliche Duft einer leckeren Pasta in Angst und Schrecken versetzt. Die sich nach einem sahnigen Eis den Finger in den Hals stecken. Was für ein armseliges Leben das sein muss! Immer nur Radieschen und Salatblätter knabbern und sich trotzdem zu dick finden …

„Angelo", sage ich und lege meine Hand auf seinen Rücken. „Es tut mir leid, dass ich so misstrauisch war."

Er erwidert meine Berührung mit einem Kuss aufs Haar. „Mir tut es leid. Ich hätte dich so gerne eingeweiht, aber ich habe es Chiara hoch und heilig versprechen müssen."

„Wie geht es jetzt mit ihr weiter?"

Angelo zuckt mit den Achseln. „Wenn ich das wüsste! Ich kann sie nicht den ganzen Tag bewachen. Ihre Eltern auch nicht. Und in eine Klinik will sie ja nicht."

Ein bisschen verstehe ich Chiara. Ich hätte auch Angst davor.

„Stattdessen guckt sie sich den ganzen Tag Fotos von anderen magersüchtigen Mädchen im Internet an", redet er weiter.

Das ist krank! Einfach nur krank!

Angelo blickt mich niedergeschlagen an. „Ich schaffe es nicht. Ich kann sie nicht beschützen. Und auch nicht retten. Obwohl ich es so gerne möchte."

Das tut mir alles so schrecklich leid. Für Chiara, aber auch für Angelo. Diesen Wahnsinnstypen, der nicht nur gut küssen kann, sondern auch für seine Freunde da ist.

„Angelo?" Sein Kollege späht auf den Hof und ruft ihm etwas auf Italienisch zu.

„*Vengo subito!*" Angelo küsst mich flüchtig auf den Mund. „Ich freue mich schon auf heute Abend."

Und ich mich erst! Weil sich mein Leben plötzlich wieder so leicht anfühlt. Als würde ich jeden Moment abheben und dem knallblauen Sommerhimmel entgegenfliegen. Mit einer Überdosis Glück im Herzen laufe ich durch die still daliegende Fußgängerzone runter zum Strand.

Der Tag ist so verrückt, so chaotisch und aufwühlend, dass ich erst jetzt merke, wie sehr mein Magen knurrt. Die paar Bissen vom Brötchen waren wohl nicht genug.

Hungrig platze ich in einen Obst- und Gemüseladen und kaufe eine Tüte Pfirsiche. Gäbe es ein Paradies, würden genau diese sattgelben Früchte mit den roten Bäckchen an den Bäumen hängen. Sie wären sonnenwarm, außen pelzig, innen supersaftig und sie würden nach ganz viel Liebe schmecken. Meine Finger sind klebrig, als ich mich kurz darauf auf meinen Lieblingsfelsen am Meer setze. Wolken haben sich vor die Sonne geschoben und ein leichter Wind kühlt meinen verschwitzten Nacken. Ich beobachte Motorboote, die das schiefergraue Wasser durchpflügen, und die Urlauber am Strand. Und ab und zu grasen meine Augen die Promenade nach Valentina ab.

Was soll das? Vergiss sie.
Ich möchte aber noch mal mit ihr reden.
Weil sie dir noch Geld schuldet?
Quatsch, das Geld ist mir so was von egal.

Ich esse einen zweiten Pfirsich, dann schultere ich meinen Rucksack und breche auf. Ich will ein bisschen bummeln gehen und vielleicht nach Souvenirs für Franzi und Pauline Ausschau halten.

Am nächsten Zebrastreifen überquere ich die Via Aurelia und schlage mich in die Altstadt. Die Sonne ist wieder rausgekommen, sie wirft bizarre Schattenmuster auf den Asphalt, da entdecke ich sie plötzlich auf der anderen Straßenseite. Valentina! An der Leine hat sie einen Hund, aber es ist nicht Oxford. Er ist viel größer und hat ein schwarzes zotteliges Fell.

Automatisch beschleunige ich meinen Schritt. Nach und nach verringert sich der Abstand zwischen uns, und als sie das Tier pinkeln lässt, scanne ich sie im Schutz eines parkenden Lieferwagens.

Äh, und was wird das hier jetzt, Liv? Spionierst du ihr etwa nach?

Warum gehst du nicht einfach zu ihr hin und sprichst sie an?

Weil ... irgendwie trau ich mich nicht.

Wie ferngesteuert setzen sich meine Beine in Bewegung, als Valentina weiterläuft.

Einmal verschwindet sie aus meinem Blickfeld, kurz darauf erspähe ich sie in einer Menschentraube, die sich vor einem Kiosk gebildet hat, wieder. Sie schaut sich Postkarten an, blättert Zeitschriften durch, dann beugt sie sich zu ihrem Hund runter, um ihm den Kopf zu tätscheln. Einen Augenblick überlege ich, ob ich sie nicht doch einfach ansprechen soll, da kommt sie bereits wieder hoch und huscht an einer Ampel, die gerade auf Rot gesprungen ist, über die Straße.

Die Autos fahren an und ich muss stehen bleiben. Mist, abgehängt. Hibbelig trete ich von einem Fuß auf den anderen, schon wird es grün und ich spurte los. Aber Valentina ist längst nicht mehr zu sehen.

Eine Weile schlendere ich ziellos hin und her, dann entscheide ich mich umzudrehen. Die Aktion ist sowieso mehr als bescheuert.

Ich biege in die nächste Querstraße ein, um von der anderen Seite ins Zentrum zurückzukehren, als ich sie wie durch ein Wunder wiedersehe. In etwa fünfzig Metern Entfernung flutscht sie unter der Bahnunterführung hindurch. Ich ihr nach. Immer tiefer taucht sie in das Gassengewirr des Orts ein. Hier stehen längst keine herausgeputzten Villen mehr, stattdessen mehrstöckige Wohnhäuser. Es gibt auch keine Touristen. Die liegen ja faul am Strand und würden sich wohl niemals freiwillig hierherbequemen.

Mein Herzschlag dröhnt in den Ohren, mein Mund fühlt sich pappig an und ich schwitze unter meinem Hut.

An der nächsten Straßenecke schlüpft Valentina durch den Eingang eines maroden Hauses. Zerfetzte Mülltüten liegen auf der Straße, ein alter Mann in kaputten Sandalen schlurft an mir vorbei.

Ob sie hier wohnt?

Ich zögere nur einen kurzen Augenblick, dann trete ich in den Hof. Hunde bellen, ein Baby schreit, ein Fenster knallt zu.

„Valentina?", rufe ich und spüre ein beklemmendes Gefühl in mir aufsteigen.

Keine Antwort. Nur das Gebell wird lauter.

„VALENTINA?"

„Ja, hier!", höre ich ihre Stimme und gehe weiter in den Hof hinein. Hinter einem bunt angemalten Wohnwagen befindet sich ein schmaler Durchgang, der in einem winzigen Gartenstück mit Gemüserabatten mündet. Halb von Strauchtomaten verdeckt erspähe ich einen Zwinger, in dem ein paar Hunde kläffen. Valentina sitzt auf einer Obstkiste und streichelt den schwarzen Zottelhund, der ängstlich den Schwanz einklemmt.

„Was tust du hier?", frage ich.

„Was schon? Hier wohnen." Sie schaut mich giftig an. „Du willst dein Geld, stimmt's? Ich hab's im Moment nicht, aber du kriegst es noch, das hab ich dir versprochen."

„Deswegen bin ich nicht hier. Ich hab dich auf der Straße gesehen und dachte …" Meine Stimme versiegt. Ja, was dachte ich eigentlich?

„Was?", fragt Valentina.

„Dass … also, ich wollte dir noch Tschüss sagen."

„Nett", brummt sie, aber es klingt, als hätte sie etwas wie *Mir doch egal* oder *Verpiss dich* gesagt.

Sie krault den Hund hingebungsvoll, dann vergräbt sie ihre Nase in seinem Fell und flüstert ihm etwas auf Italienisch zu.

„Wem gehören die vielen Hunde?", frage ich.

„Mir."

„Du hast fünf Hunde?"

„Ja, und gestern waren es noch sechs. Einer ist gestorben."

„Oh, tut mir leid."

Sie nickt mir knapp zu. „Er ist jetzt im Hundehimmel, da hat er's sowieso viel besser. Das hier ist übrigens Davinci." Sie knuddelt den Zottelhund. „Wie findest du den Namen?"

„Hübsch, wieso fragst du?"

„Ich hab ihn eben erst aufgesammelt. Aber ich bin mir noch nicht sicher, ob der Name zu ihm passt."

Valentina erzählt, dass sie seit etwa einem Jahr verwahrloste, herrenlose Hunde mit nach Hause nehmen und aufpäppeln würde. Und weil es immer mehr geworden seien, habe ihr Vater, sehr zum Missfallen der Nachbarn, den Zwinger aufgestellt.

Die Gedanken rattern wie Münzen durch den Daddelautomaten. Der verschwundene Schinken ... Der Griff in die Restaurantkasse ... das kann alles kein Zufall sein.

„Valentina?", sage ich.

Sie blickt mich an und ihre Augen zucken nervös.

„Hast du wegen der Hunde die Kasse geplündert? Für Hundefutter und so?"

„Was geht dich das an?"

Sie öffnet die Zwingertür und lässt den Zottelhund vorsichtig hinein. Einen Moment wirkt er verunsichert, die Ohren sind nach hinten geklappt. Nach und nach kommen die Hunde – auch Oxford ist unter ihnen – auf den Neuankömmling zu und beschnuppern ihn. Davinci bleibt erst noch abwartend stehen, dann wedelt er endlich mit dem Schwanz.

„Okay, wenn du meinst, dass mich das nichts angeht, hau ich jetzt ab."

„Ja, ciao."

„Schade", sage ich leise. „Ich dachte, wir sind so was wie Freundinnen."

Ich mache schon auf dem Absatz kehrt, da tönt Valentinas Stimme über den Hof: „Liv, wart mal!"

Ich drehe mich um.

„Setz dich bitte." Sie deutet auf die Obstkiste, auf der sie eben noch gehockt hat, doch ich bleibe lieber stehen.

„Meinst du, es ist in Ordnung, andere Leute zu beklauen?", platzt es aus mir heraus. „Das mit dem Schinken weiß ich übrigens auch."

Valentina blickt auf ihre staubigen Sneakers und schweigt betreten.

„Ich hab dich was gefragt!"

„Der Hund, der gestern gestorben ist ... er hieß Filou." In Valentinas Augen schimmern Tränen, als sie hochsieht: „Er war so schrecklich abgemagert und hat nichts von dem Trockenfutter angerührt. Da hab ich gedacht, vielleicht frisst er wenigstens ein paar Scheiben *bresaola* und überlebt, verstehst du?"

Klar verstehe ich das. Trotzdem ist es noch lange kein Grund, die Chefin zu bestehlen!

„Das Geld habe ich aus der Kasse genommen, weil es Oxford auch nicht gut geht und ich noch mal mit ihm zum Tierarzt muss", fährt sie fort. „Und zwei andere Hunde müssen dringend geimpft werden."

„Aber warum hast du nicht mit Matteo und Stella geredet? Die beiden sind doch total nett und verständnisvoll!"

Valentina blickt mich zerknirscht an. „Ich wollte das Geld ja auch zurücklegen, heimlich, wie ich es rausgenommen habe. Von meinem nächsten Lohn. Und ich hätte auch den *bresaola* nachgekauft und in den Kühlschrank gepackt. Ehrlich!"

Sie sagt das mit total treuherzigem Augenaufschlag, doch ich bin mir nicht sicher, ob ich ihr glauben kann.

„Hast du so was schon öfter gemacht? Stella meinte ..."

„Okay, ja, ein paarmal", unterbricht sie mich und senkt beschämt den Kopf. „Aber es waren immer nur Fleischreste. Matteo hätte sie am Abend sowieso wegwerfen müssen."

„Und warum hast du Stella nicht gebeten dir deinen Lohn vorzustrecken?"

Valentina schweigt. Eine ganze Weile guckt sie den Hunden

beim Toben zu, dann gesteht sie, dass sie sich nicht getraut habe. Sie sei doch sowieso schon das schwarze Schaf. Schule abgebrochen, die Sache mit den Drogen und dem Alkohol. Und jetzt noch herrenlose Hunde. Für die meisten Leute im Ort seien die sowieso nur Abschaum. Stella hätte das bestimmt auch nicht verstanden.

„Es kümmert sich doch keiner um die Tiere!", ereifert sie sich. „Manche verhungern am Strand, manche kommen in eins dieser privaten Tierheime, die *canile*, die per Pro-Kopf-Pauschale bezahlt werden. Das heißt, je mehr Hunde aufgenommen werden, desto mehr Geld gibt es. Wie es den Viechern geht, interessiert dann niemanden mehr." Ihr Blick geht wieder zu den Hunden. „Die meisten sind auf engstem Raum zusammengepfercht, vegetieren vor sich hin und ab und zu wird auch mal einer totgebissen."

„Wie grausam", sage ich und versuche durch das Gitter Oxfords Köpfchen zu streicheln. Er guckt mich an und bellt freudig.

„Und dann leben die Hunde hier auf Dauer bei dir?"

„Um Himmels willen, nein! Mehr als fünf bis sechs kann ich nicht gleichzeitig versorgen. Ich päppele sie auf und versuche in der Zeit, ein neues Zuhause für sie zu finden. Am liebsten eine tierfreundliche Familie, wo es dem Hund hoffentlich gut geht."

Sie lächelt mich schmerzlich an. „Es bricht mir zwar jedes

Mal fast das Herz, sie wegzugeben. Aber was soll ich machen? Es geht ja nicht anders."

Ich nicke beeindruckt. Valentina setzt sich für eine wirklich gute Sache ein.

„Willst du mit hochkommen, Liv? Meine Mutter hat einen Kuchen gebacken."

Ich schüttele den Kopf und biete ihr stattdessen von meinen Pfirsichen an. Valentina nimmt sich zwar einen, dreht ihn aber nur in den Händen.

„Wie soll es denn jetzt weitergehen? Ohne Arbeit kannst du doch noch weniger die Rechnungen für das alles hier bezahlen."

„Keine Ahnung. Ich muss mir eben wieder einen Job suchen. Ein Großteil des Geldes kommt sowieso durch Spenden rein. Also über Bekannte." Ein Grinsen huscht über ihr Gesicht. „Ich hab sogar schon mit einer Sammelbüchse und zwei Hunden am Strand gesessen. Manche Urlauber sind echt spendabel."

„Aber das reicht doch nicht!"

„Es muss reichen. Vielleicht verkaufe ich auch meine Tasche."

Mein Blick fällt auf ihre Designerhandtasche, die achtlos im Staub liegt.

„Woher hast du die eigentlich?", frage ich. Ich schätze, die kostet richtig viel Geld.

Valentina lächelt. „Das ist ein Erbstück von meiner Groß-
tante. Sie hat mir damals so geholfen, als mein Bruder
gestorben ist, aber dann ..." Ihre Stimme ist immer leiser geworden, schließlich verflüchtigt sie sich ganz.

„Verkauf sie nicht, okay?"

Valentina nickt.

„Aber bau auch keinen Scheiß mehr. Bitte, versprich mir
das."

Sie erwidert nichts, doch der ernste Ausdruck ihrer Augen
besagt, dass sie für ihre heiß geliebten Tiere immer wieder
Risiken eingehen wird. Egal, was für Konsequenzen das haben kann.

„Valentina, hör zu", sage ich und bemühe mich streng zu
gucken. „Du gehst morgen zu Stella."

„Niemals."

„Doch. Du entschuldigst dich und erzählst ihr, was du mir
erzählt hast. Das versteht sie bestimmt."

Valentina schüttelt den Kopf. „Sie hat mich doch sowieso
nur eingestellt, weil sie und mein Onkel zusammen zur
Schule gegangen sind."

„Du musst es versuchen! Ich würde auch mitkommen, wenn
du dich nicht allein traust."

Valentina gibt mir keine Antwort, doch als ich mich später
auf den Weg mache, nimmt sie mich in den Arm und haucht
mir ein leises Danke ins Ohr. Wobei ich nicht genau weiß,

was sie damit meint. Dass ich ihr bis in den Hof gefolgt bin? Dass ich ihr den Rat gegeben habe, sich bei Stella zu entschuldigen? Oder einfach nur, weil wir eine supertolle Zeit in der Trattoria hatten?

Eine Wolke schiebt sich vor die Sonne, und der Wind spielt in den fedrigen Blättern der Palmen, während ich durch die Straßen nach Hause schlendere. Arme Valentina. Sie hat schon so viele Tiefschläge in ihrem Leben einstecken müssen. Umso mehr hoffe ich für sie, dass es wieder mit ihr bergauf geht.

Was für ein hammermäßiger, obercooler Abend.
Roberto hat auf die Schnelle eine Pasta mit getrockneten Tomaten und gerösteten Pinienkernen zusammengebrutzelt, die wie immer himmlisch schmeckt. Als ich die köstlichen Spaghetti auf die Gabel wickele, muss ich kurz an Chiara denken, die vielleicht gerade an einem Stückchen Gurke knabbert und später mit knurrendem Magen ins Bett geht. Wie gut es mir dagegen geht! Gut, ich hatte lange Zeit selbst Komplexe, aber langsam begreife ich, dass man nur kostbare Lebenszeit vergeudet, wenn man ständig mit sich selbst hadert.
Nach dem Essen zischen Mama und Roberto den obligatori-

schen Espresso, dann brechen sie zu einem Liebespaarspaziergang am Meer auf und nehmen Sonia gleich mit. Die will bei einer Freundin die Bänder an ihre Spitzenschuhe nähen. Angelo und ich haben kein Problem damit, zu Hause zu bleiben und die Küche aufzuräumen. Im Radio laufen italienische Songs, und als Angelo bei einem Hit von Tiziano Ferro mitsingt, schmelze ich dahin. Wie immer. Ich kann gar nicht anders.

Danach setzen wir uns mit einer eisgekühlten Limo, in die ich ein paar Limettenscheiben schnippele, auf den Balkon. Seit einer gefühlten Ewigkeit ist es das erste Mal, dass wir wie ein ganz normales Pärchen zusammen sind, uns an den Händen halten und quatschen. Wir reden über dies und das, und immer wieder – es lässt sich kaum vermeiden – über Chiara. Angelo hat nach wie vor keine Ahnung, wie er ihr noch helfen soll.

„Wenn es nicht bald bei ihr *klick* macht, ist es vielleicht zu spät", sagt er mit sorgenvoller Miene.

Ich weiß sehr genau, was er damit meint. An Magersucht kann man sterben, denn irgendwann schafft der Körper es nicht mehr und streikt.

„Vielleicht passiert ja noch ein Wunder", sage ich.

„Ich glaube nicht an Wunder", entgegnet er mit kratziger Stimme. „Ich glaube daran, dass man die Dinge selbst wollen muss, um sie zu verändern."

Wieder greift er nach meiner Hand, wir lächeln uns an, dann schauen wir schweigend in den Himmel. Ich könnte ewig so dasitzen, einfach nur Angelos Hand in meiner spüren und zusehen, wie sich die Dämmerung über die Häuser herabsenkt. Doch dann fragt er mich nach Valentina.

„Hat Stella sie echt gefeuert?" Er trommelt zärtlich mit den Fingerspitzen auf meinem Handrücken. „*Papà* hat es mir gesagt. Er wusste aber nichts Genaues."

Ich erzähle von Valentinas Griff in die Kasse, aber auch von ihrem kleinen Hundeasyl, das sie irgendwie finanzieren muss.

Angelo nickt nur, und ich rechne es ihm hoch an, dass er sich jede Art von Hab-ich-doch-gleich-gesagt-Kommentar verkneift.

„Wusstest du eigentlich, dass sie herrenlose Hunde aufpäppelt?", frage ich.

Angelo schüttelt den Kopf. „Okay, immer, wenn ich sie mal gesehen habe, hatte sie einen Hund dabei, aber ich habe mir nichts weiter dabei gedacht."

„Ich hab ihr gesagt, sie soll sich bei Stella entschuldigen." Mein Kopf sackt schwer auf Angelos Schulter. „Aber das ist wie bei Chiara. *Sie* muss es wollen, sonst bringt das alles nichts."

„Ich glaube nicht, dass Stella sie wieder einstellt."

„Eigentlich schade, sie kocht ziemlich gut. Aber darum

geht's ja auch nicht. Sie muss für ihren Diebstahl geradestehen. Egal, aus welchem Gründen sie geklaut hat."

Angelo lächelt mich an. „Liv, falls wir nach München ziehen …" Er streichelt mein Haar, das wahrscheinlich wieder kraus in alle Richtungen absteht. „Vielleicht können wir uns ja auch einen Hund aus dem Tierheim holen. Ich mag Hunde sehr. Und du?"

Ich nicke. Klar mag ich Hunde, doch ich finde, dass die Münchener Innenstadt kein geeigneter Ort für ein Haustier ist, das jeden Tag seinen Auslauf braucht. In Valentinas improvisiertem Tierasyl haben die Viecher es sehr viel besser.

„Wir wissen ja noch gar nicht, ob ihr kommt", sage ich.

Angelo seufzt leise. „Wie lange wollen die sich das eigentlich noch überlegen?"

Ich zucke mit den Achseln. Letzte Nacht haben Mama und Mr Smart ziemlich aufgeregt miteinander geredet. Es war durch die Tür zu hören, als ich aufs Klo gegangen bin. Vielleicht haben sie sich sogar gestritten. Es wäre der erste Streit zwischen ihnen gewesen, aber zum Glück waren sie heute ja wieder ein Herz und eine Seele.

„Bei euch fängt schon bald wieder die Schule an", fährt er fort. „So schnell kriegen wir das mit dem Umzug doch gar nicht hin."

„Heißt das, du würdest lieber hierbleiben?"

„Nein!" Er schüttelt seine Locken. „Ich wäre ja schön blöd."

„Aber Sonia will nicht umziehen."

„Ja, ich weiß. Sie ist ein echtes Problem. Ich glaub, nur wegen ihr zögert *papà* immer noch."

Angelo steht auf, küsst seine Fingerkuppen und drückt sie mir auf die Wange. „Wartest du kurz?"

Klar. Wo soll ich denn auch hin?

Er verschwindet grinsend in der Wohnung, und als er kurz darauf mit seiner Gitarre zurückkommt, schlägt er einen Akkord an.

„Der Song ist endlich fertig", sagt er mit seiner kratzigen Supersoftstimme.

„Oh, echt?"

„Ja, und er ist ein Geschenk an dich. Und eine kleine Entschuldigung wegen der Sache mit Chiara."

Glücksbäche rieseln durch mich hindurch, als er das Intro spielt. Wie ein Schmetterling flattert die Melodie hinauf in luftige Höhen, um gleich darauf wie ein Wasserfall in die Tiefe einer Schlucht hinabzustürzen. Und als Angelos Stimme erklingt, kann ich kaum noch klar denken.

Die Ballade handelt von *amore*, also von Liebe, doch es geht auch um *problemi*. Mehr verstehe ich nicht, aber es ist auch egal, weil ich mich von den Gitarrenklängen und Angelos rauer Stimme wie auf einer watteweichen Wolke durch die Nacht tragen lasse.

Er wiederholt den Refrain ein paar Male, da höre ich einen Rollladen klappen und eine wütende Stimme bellt: „*Silenzio!*"

Doch Angelo lässt sich nicht beirren und bringt seinen Song nach einem gefühlvollen letzten Teil zu Ende.

Dann ist es still. Die Grillen zirpen, in der Ferne rauscht die Eisenbahn vorbei. Angelo und ich schauen uns einfach nur an. Das Lied war so schön. So wunderschön, dass mir schlicht die Worte fehlen.

„Du weinst doch nicht etwa?" Angelo beugt sich vor und tupft auf meinen Wangenknochen herum.

Peinlich, peinlich, aber der Song hat mich mitten ins Herz getroffen.

„Wie findest du's?"

„Doofe Frage. Natürlich toll!" Ich boxe ihn auf die Schulter.

Wieder geht das Fenster auf und der Mann brüllt in die Dunkelheit.

„Was hat er gesagt?"

„Dass wir verdammt noch mal endlich ruhig sein sollen. Weil er sonst verdammt noch mal die Polizei holen und uns verdammt noch mal anzeigen würde."

Ich muss kichern. „Das ist ja ... verdammt noch mal ... ziemlich blöd."

„Dann gehen wir doch ... verdammt noch mal ... einfach rein", schlägt er vor.

Wir nehmen die Gläser und den Saftkrug, Angelo seine Gitarre und tragen alles, ohne Licht zu machen, in die Küche.

„Und jetzt?", frage ich.

„Bist du müde?" Angelo stellt die Gitarre neben der Spüle ab.

„Nicht wirklich", sage ich.

Nein, ich bin nicht müde, nicht mal ein klitzekleines bisschen. Im Gegenteil: Ich bin bis in die Haarwurzeln elektrisiert. Ich möchte ihn anfassen, ihn küssen, ihm ganz nahe sein. Aber wenn ich das tue, werde ich die Finger nie wieder von ihm lassen können – und das macht mir auch ein bisschen Angst.

Angelo nimmt mich an die Hand und zieht mich wortlos in sein Zimmer. Peng – schlägt er die Tür mit dem Fuß zu.

Zwei Atemzüge lang passiert gar nichts. Wir gucken uns an und er lächelt, dann nähern sich unsere Münder wie von Magneten angezogen und wir küssen uns. Okay, wir haben uns schon öfter geküsst, ziemlich intensiv sogar, aber diesmal ist es anders.

„Komm."

Angelo bugsiert mich zum Hochbett, ich klettere die Leiter nach oben und falle kopfüber auf sein Kopfkissen, das so wunderbar nach ihm riecht. Einen Wimpernschlag später landet er mit einem Hechtsprung neben mir.

Liv, du liegst in Angelos Bett.

Äh, ja, ich weiß …

Angelo dreht sich auf die Seite und stützt seinen Kopf mit der Hand ab. Es zuckt um seine Mundwinkel, als er mich mustert.

„Hab ich irgendwo einen Pickel?", frage ich.

Er lacht. „Nein, Liv, du bist so schön!"

„*Du* bist schön", entgegne ich.

„Ich hab Elefanten-Ohren."

„Aber supersüße Elefanten-Ohren."

Ich klemme eine Locke hinter seinem Ohr fest, dann beuge ich mich zu ihm rüber und knabbere zart an seinem Ohrläppchen.

„Kitzelt das?"

„Nein, das ist schön."

Ich werde mutiger und lasse meine Lippen über seinen Hals bis zu den Schlüsselbeinen hinabwandern. Leise Seufzer kommen aus seiner Kehle und er raunt mir etwas auf Italienisch zu. Ich weiß nicht, was er sagt, aber es klingt irgendwie … sexy?

Achtung, Liv … Willst du mit ihm schlafen?

Ich weiß nicht. Will ich das? Will er es?

„Möchtest du lieber zu Sonia rübergehen?", fragt er.

Ich schüttele den Kopf. Ehrlich, es gibt keinen Ort auf der Welt, an dem ich im Moment lieber wäre als hier. Angelo umfasst mich mit seinen Armen, zieht mich zu sich heran und dann geht es los. Unsere Zungen wirbeln umeinander, sie tanzen ein wunderschönes Ballett, während unsere Hände auf Entdeckungstour gehen. Ich schiebe sein T-Shirt hoch, spüre die samtige Haut seines Rückens und seiner Brust und denke, dass es niemals aufhören soll. Es fühlt sich so unfassbar gut an. Als würde es Sternschnuppen regnen. Angelo und ich, wir erfinden die Liebe völlig neu.

Wieder küssen wir uns und unsere Hände werden mutiger. Während Angelo langsam mein Kleid hochschiebt, arbeite ich mich zentimeterweise zu dem Reißverschluss seiner Shorts vor. In mir prickelt es, als würde jemand Tütchen voller Brausepulver in mir auflösen. Gleichzeitig ist alles so selbstverständlich, so wunderschön. Kurze Zeit später sind wir nackt, wirklich total nackt, wir streicheln uns überall, und ich bin verrückt vor lauter Lust und Liebe.

Es ist das erste Mal, dass ich einen Jungen richtig anfasse und streichele. Und es ist auch das erste Mal, dass mich ein Junge richtig anfasst und streichelt.

Wow.

WOW!

Jetzt endlich weiß ich, was Pauline immer meint, wenn sie von ihren tollen Liebesabenteuern erzählt.

Keine Ahnung, wie spät es ist und wie lange wir schon auf Angelos Bett liegen, als die Haustür klappt. Angelo zieht blitzschnell das Laken über uns, als könne gleich jemand hereinplatzen.

Sonias Stimme schwirrt über den Flur, Türen werden auf- und wieder zugemacht, dann ist es endlich still.

„Möchtest du heute bei mir schlafen, *pomodoro?*", fragt Angelo und küsst zärtlich die kleine Kuhle zwischen Hals und Schlüsselbein.

Irgendwie ist die Vorstellung, neben Angelo zu schlafen und die ganze Nacht seinen Körper neben mir zu spüren, ziemlich verlockend. Gleichzeitig weiß ich auch, dass ich kein Auge zutun würde.

„Ich weiß nicht so genau", antworte ich ehrlich.

„Wir müssen ja nicht. Ich dachte nur ..."

Was er dachte, erfahre ich nicht mehr, weil plötzlich jemand gegen die Tür hämmert.

„Angelo?" Sonias hysterische Stimme. „Angelo, bist du da drin?"

„Ja-ha!", antwortet er eine Spur genervt.

„Liv ist weg!"

Im nächsten Moment wird die Tür aufgerissen, sie tapst durchs Zimmer und kraxelt die Leiter zum Hochbett rauf.

„Nee, oder?", sagt Sonia, als sie uns erblickt. Schrilles Gekicher bringt mein Trommelfell zum Vibrieren. „Und ich hatte schon Angst, Liv wäre entführt worden."

„Äh, nee, bin ich nicht", sage ich und pruste los.

„Ihr macht hier aber keine Dummheiten, oder?" Ihr Blick fällt auf die auf dem Bett verstreuten Sachen.

„Nein, wir lösen Matheaufgaben im Kopf", antwortet Angelo vollkommen ernst.

„Davon kriegt man Kinder, das wisst ihr schon, oder?"

„Ja, und manche Leute fangen davon auch an zu schielen", sagt Angelo und verdreht die Augen so gruselig, dass ich fast einen Lachkrampf kriege.

„Ja, macht euch nur lustig. Ich spiel dann später nicht die Tante. Das könnt ihr euch abschminken."

Sie klettert die Leiter wieder runter.

„Ich komm gleich, Sonia", sage ich.

Die Tür schlägt zu, und Angelo und ich drücken uns so fest, als bestünde die Möglichkeit, dass einer von uns beiden heute Nacht von einem Ufo entführt werden könnte.

„Vergiss mich nicht", sagt er, als ich in meine Unterwäsche schlüpfe.

„Meinst du, ich treffe gleich auf dem Flur einen anderen tollen Jungen, in den ich mich auf der Stelle verliebe?"

„Man kann nie wissen."

Angelo schmatzt mir ein Luftküsschen zu, dann flitze ich über den Flur in Sonias Zimmer. Ein Hauch von ihrem Erdbeerparfüm hängt im Raum, und das erste Mal, seit ich hier bin, rieche ich das gern. Es ist der typische Sonia-Geruch, er gehört einfach zu ihr. So wie die pinkfarbenen Klamotten zu Pauline und die Psycho-Sprüche zu Franzi. Und würde Sonia plötzlich nach Stellas frischem Zitronenduft riechen, würde mir garantiert was fehlen.

„Habt ihr miteinander geschlafen?", fragt Sonia geradeheraus.

„Willst du das wirklich wissen?" Ich ziehe mir mein Schlafshirt über, dann schlüpfe ich in mein Matratzenbett.

Im Halbdunkel sehe ich, dass sie grinst. „Sonst würde ich ja wohl kaum fragen."

„Sei nicht so neugierig. Aber nein ... Haben wir nicht."

„Aber rumgemacht."

Ich schweige. Darüber möchte ich wirklich nicht mit Sonia reden. Bei Franzi und Paulina wäre das etwas vollkommen anderes, aber die beiden kenne ich ja auch schon viel länger.

„Na, Hauptsache, es war schön." Sie gähnt.

„Ja, war es."

Sonia gähnt noch mal, diesmal richtig herzhaft. Im nächsten Moment dringen gleichmäßige Atemzüge an mein Ohr. Sie ist eingeschlafen und auch meine Augen klappen vor Erschöpfung und Müdigkeit zu. Es war so ein wahnwitzig verrückter Tag, dass mein Kopf kaum hinterherkommt alles zu begreifen. Kurz denke ich an Valentina, die hoffentlich über ihren Schatten springen und sich bei Stella entschuldigen wird ... Dann schweifen meine Gedanken zu Angelo und ich muss automatisch grinsen. Noch heute Morgen war ich todunglücklich, jetzt fühle ich mich wie im Paradies gestrandet. Plötzlich ist alles ganz federleicht. Plötzlich ist alles möglich.

Und ich glaube, ich weiß nun auch, wie die beiden Rezepte für die Liebe lauten.

Rezept eins: Spiel nicht immer gleich die Miss Eifersüchtig. Hab ein bisschen Vertrauen!

Rezept zwei: Egal, wie verknallt du bist, vernachlässige deine Freunde nicht. Denn nichts anderes hat Angelo getan, als er sich um Chiara gekümmert hat. Und das war eigentlich richtig cool von ihm.

Risotto mit Zucchini und Erbsen und Cola zero

„Liv, aufstehen! Es ist schon nach zehn."
Mama steht im Türrahmen und grinst, als hätte sie aus einem Kanister mit Grinsewasser getrunken. Und als ich nach dem Duschen in die Küche komme, wo Roberto gerade Hörnchen in den Brotkorb legt, legt auch Sonia dieses bescheuerte Grinsen auf. Sie fährt sich durch die nassen Kringellocken und grient und grient. Ich will mal stark hoffen, die beiden haben einfach nur gute Laune. Falls Sonia etwas gepetzt hat, muss ich sie leider bei eBay versteigern.
„Schläft Angelo noch?", frage ich, woraufhin Sonia loskichert und nickt.
„Der ist noch so groggy von gestern."
„Könnt ihr bitte mal mit eurem Gegrinse aufhören", sage ich. „Ist ja grausam."
„Wieso, wir freuen uns nur für euch", sagt Mama. „Wir möchten auch gar keine Details wissen."

Zum Glück gibt es wenigstens einen, der sich normal wie immer verhält: Mr Smart.

„Angelo hat heute frei. Soll er ruhig mal ausschlafen." Sein Blick geht zu Mama. „Vielleicht hilft er uns ja später beim Streichen."

„Was?", frage ich. „Das wollt ihr heute machen? Also, ich bin in der Trattoria."

„Macht doch nichts. Wir schaffen das auch so." Robertos fragender Blick geht zu Sonia.

„Ich fahr zum Training", sagt sie und legt einen Pfirsich und ein paar gelbe Pflaumen in eine Brotdose.

„Sicher?", hakt Mr Smart nach.

Sie nickt. „Wenn's wieder wehtut, habe ich eben Pech gehabt." Sie watschelt mit ihrem typischen Tänzerinnen-Gang, die Füße auswärtsgedreht, zur Tür. „Bis heute Abend."

„Sei vorsichtig, ja?", ruft Mama ihr noch nach, aber da ist sie schon draußen.

Ich verputze ein Hörnchen im Stehen und trinke ein paar Schlucke Kaffee, dann klopfe ich bei Angelo.

„Ja?", kommt es brummig von drinnen, doch als ich die Tür öffne, strahlt er mich von der Kante des Hochbetts aus an.

„Ich muss jetzt los", sage ich. „Sehen wir uns später?"

„Klar." Er streicht sich die verwuschelten Locken aus der Stirn. „Schreib mir, wenn du fertig bist, okay?"

„He, gibst du mir keinen Kuss?"

Ich klettere die Leiter zwei Stufen nach oben. Könnte ich Angelos Küsse nur sammeln und in einem Schmuckkästchen verwahren!
„A dopo, amore."
„Bis später!"
Und dann gehe ich mit einem brausepulvrigen Glücksgefühl im Bauch zur Arbeit.

Es regnet.
Das erste Mal, seit ich in Italien bin, hängen schwere Wolken über den Bergen und es schüttet wie aus Kübeln. Roberto hat mir einen Regenschirm geliehen, damit hüpfe ich über die Pfützen, die sich in Windeseile auf dem unebenen Straßenpflaster gebildet haben. An der leicht abschüssigen Straße, die zur Promenade führt, rauscht das Wasser wie ein Wasserfall hinab.
Vielleicht geht gleich die Welt unter, aber nicht mal das kann meiner guten Laune etwas anhaben. Immer noch schwirrt die Erinnerung an den Abend mit Angelo in meinem Kopf herum. Es war so schön und prickelig und irgendwie fühle ich mich so viel reifer und erwachsener als gestern noch um diese Uhrzeit.
Mit tropfnassem Schirm und quietschenden Turnschuhen

verschwinde ich in der Toilette der Trattoria und stopfe
den Schirm ins Waschbecken. Mist, ich hätte doch ein paar
wetterfeste Schuhe einpacken sollen und nicht bloß meine
Sneakers aus Stoff. Diese hier sind definitiv nass. Pitschnass.
Und ich habe jetzt die Wahl zwischen barfuß oder in durch-
nässten Schuhen zu arbeiten. Ausgerechnet bei meiner letzten Schicht, die ich ganz besonders genießen wollte. Rasch
ziehe ich sie aus und stopfe sie mit Klopapier aus.

Die Tür geht auf und Valentina lugt herein.

„Hi, Liv!“, sagt sie.

Sie strahlt übers ganze Gesicht, als sie die Tür hinter sich
zuzieht und sich dagegenlehnt.

„Hast du mit Stella geredet?“, frage ich aufgeregt.

Sie nickt. „Und auch mit Matteo.“

„Ja, und? Los! Erzähl schon!“

„Sie geben mir noch mal eine Chance.“

„Wow, wirklich?“

„Ja, meinst du, ich verarsch dich?“ Der Anflug eines Grin-
sens geht über ihr Gesicht. „Weil man einer Diebin nicht
mehr trauen kann?“

„Das hast du jetzt gesagt.“

„Sorry.“

Valentina verschwindet in einer Kabine, ich höre es rascheln, dann plätschern, doch das hält sie nicht davon ab,
mir alles haarklein zu erzählen. Wie sie noch gestern Abend

hergekommen sei, Stella sie zunächst abbügeln wollte, sich dann aber Signor Monti, der Besitzer eines Luxushotels im Nebenort, eingeschaltet habe.

Die Spülung geht und Valentina tritt wieder heraus.

„Der Typ ist echt cool", fährt sie fort, während sie Wasser über ihre Hände laufen lässt. „Er hat sich gleich bei Stella für mich starkgemacht."

„Wie kommt er dazu? Kennt ihr euch?"

„Nicht direkt. Vor ein paar Wochen habe ich mich vor seinem Hotel um einen verletzten Hund gekümmert. Da haben wir ein bisschen gequatscht. Er hat sogar noch Wasser für den Kleinen nach draußen gebracht. Süß, oder?" Sie erwartet keine Antwort und quasselt schon weiter: „Aber warte, jetzt kommt's. Er will mir bei den Hunden finanziell unter die Arme greifen, ist das nicht cool?"

Ja, das ist wirklich cool. Mehr als das! Mit einem Schlag ist Valentina damit ihre größte Sorge los. Sie lacht so befreit, wie ich sie überhaupt noch nie erlebt habe, und weil ich mich so wahnsinnig für sie freue, falle ich ihr um den Hals.

„Und Stella lässt dich wieder hier arbeiten?"

„Na ja, Matteo kann wohl nicht auf mich verzichten. Er findet so schnell niemand Neues. Außerdem bist du bald weg ..."

Ja, ich weiß, ich bin bald weg. Irgendwie vermisse ich die Trattoria jetzt schon.

„Ich darf aber nur unter einer Bedingung wieder anfangen",

fährt Valentina fort. „Ich muss nach den Sommerferien wieder zur Schule gehen."
„Und? Machst du's?"
Valentinas Schultern wandern erst auf und ab, dann nickt sie. „So schlimm wird's schon nicht werden. Hauptsache, mir bleibt noch genug Zeit für meine Hunde."
„Valentina? Liv?", schallt Matteos Stimme von draußen. *„Dove siete?"*
„Hier!", rufe ich und reiße die Toilettentür auf. „Es kann losgehen."
„Das will ich hoffe. Stella bezahlt euch nicht für Stunde lang zusammen Pipi mache."
Mit einem grummeligen *Avanti, ragazze!* schiebt er uns über den Flur. „Zucchini putzen! Machen heute Risotto mit Zucchini und Erbsen."

Kurz nach zwei ist der große Mittagsansturm vorbei, meine Turnschuhe sind wieder trocken, und Valentina und mir bleiben ein paar Minuten, um das Gemüserisotto, bei dem ich kräftig mitgeholfen habe, zu probieren.
„Warum schreibst du das eigentlich alles da rein?", will Valentina wissen, als ich mir beim Essen wieder ein paar Notizen mache.

„Weißt du doch. Ich will Köchin werden."

„Schon klar, aber …" Valentina lacht. „Sorry, echte Köche haben doch nicht so ein Schulheft."

Ich erzähle ihr von meinem Freund Nick in München, der schon ganz wild auf die vielen neuen Rezepte ist, als plötzlich Angelo mit seinem Strandrucksack über der Schulter im Gastraum steht. Nach der Nachricht, die ich ihm eben geschrieben habe, muss er geflogen sein.

„*Ciao*", sagt er und lächelt unsicher in Valentinas Richtung.

„*Ciao*", erwidert die ebenfalls verhalten, dann steht sie mit ihrem noch vollen Teller auf und verschwindet damit in die Küche.

Ups, die beiden können sich anscheinend wirklich nicht leiden. Kaum zu glauben, dass bloß ein lächerliches Radiergummi schuld daran sein soll.

„Liv, du darfst mache Feierabend", sagt Matteo. „Heute ist doch sowieso dein letzter Tag hier?"

Ich nicke. An den letzten drei Tagen, das haben Angelo und ich gestern während unser Knutsch-Session ausgemacht, wollen wir so viel Zeit wie möglich zusammen verbringen. Vielleicht nur am Strand abhängen, vielleicht einen Ausflug unternehmen, so genau wissen wir das noch nicht.

„Schade, dass der Zeit mit dir schon ist wieder vorbei, Liv. Du bist so gute Köchin."

Ich lächele geschmeichelt. Was für ein Wahnsinnskompliment ist das denn! Und dann noch von einem echten Koch.

„Finde ich auch", sagt Angelo zu Matteo. „Das wird traurig."

„Ach, was! *Grande amore* übersteht alles. Und ihr müsst ja nur einmal über die Alpen und könnt euch sehen." Er langt ins Regal, zieht ein dickes Kochbuch heraus und drückt es mir in die Hand.

„Für dich."

„Oh, danke!", sage ich gerührt.

„Iste auf Italienisch. Aber Angelo kann dir helfen bei Übersetzung." Er zeigt auf den Buchdeckel. „Alles Spezialitäten von hier."

Wow, was für ein grandioses Geschenk! Das werde ich ganz sicher in Ehren halten.

Matteo, der plötzlich feuchte Augen hat, wedelt mit der Hand. „So, und jetzt macht dalli weg!"

Ich verspreche, vor meiner Abreise noch einmal vorbeizuschauen, um endgültig Tschüss zu sagen, dann lasse ich mir von Stella den restlichen Lohn auszahlen und bin frei.

Der Himmel ist wieder tintenblau, als Angelo und ich auf die Straße treten. Die Wolken sind längst in Richtung Berge abgezogen. Zu dumm, dass ich meinen Sonnenhut heute Morgen zu Hause gelassen habe.

„Lust auf Strand?", fragt Angelo.

„Was ist mit der Küche?" Ich verstaue den Schirm und das Kochbuch in meinem Rucksack. „Müssen wir da nicht noch helfen?"

„Für heute ist alles fertig. Eventuell streicht *papà* morgen noch einmal drüber." Er küsst mich auf den Mund. „Die Farben sind genial. Das war eine super Idee von dir, Liv."

„Und Chiara?", frage ich weiter. „Hast du sie getroffen?"

Angelo schüttelt den Kopf. „Nur kurz gechattet. Ich glaub, sie ist froh mal ihre Ruhe zu haben."

Das sehe ich ganz genauso. Vielleicht braucht sie einfach ein bisschen Zeit für sich. Um in sich zu gehen und über alles nachzudenken.

Angelo hat mein Rad mitgebracht und Seite an Seite radeln wir los. Als hätte es den Platzregen am Morgen nicht gegeben, liegen die Touristen bereits wieder dicht an dicht und grillen sich in der prallen Sonne.

„Was war das denn eben mit Valentina?", frage ich, als wir kurz darauf unsere Räder über den Schotterweg zum Meer schieben.

„Wieso, was meinst du?"

„Hasst ihr euch wegen der blöden alten Geschichte mit dem Radiergummi so sehr, dass ihr euch nicht mal anguckt?"

Angelo schweigt und pustet sich eine Locke aus der Stirn.

„He!", sage ich und pikse ihn in die Seite.

„Okay, *amore*." Er lacht auf. „Ich war mal in sie verknallt."

Ich starre Angelo ungläubig an. Er und Valentina? Das haut mich jetzt echt um.

„Hey, das war in der dritten Klasse." Er blickt verlegen auf seine Füße. „Ich war acht oder neun."

„Und dann hast du ihr deine Liebe gestanden?"

„Ich hab ihr einen Brief geschrieben. Und sie hat mich vor der ganzen Klasse lächerlich gemacht."

„Was hat sie denn getan?"

„Mich wegen meiner Segelohren ausgelacht. Und die anderen fanden es auch noch voll witzig."

„Ich mag deine Ohren, das weißt du ja."

„Heute ist es mir ja auch egal. Aber als kleiner Junge hatte ich überhaupt kein Selbstbewusstsein."

Armer Angelo! Ich hauche ihm ein Trost-Küsschen zu, doch sein Gesichtsausdruck bleibt hart.

„Und deswegen bist du immer noch sauer auf sie? Ihr wart Kinder!"

„Du hast recht, das ist natürlich Quatsch."

Er stellt den Drahtesel ab, dann bückt er sich, um erst mein und danach sein Rad umständlich abzuschließen.

Irgendwas stimmt nicht, das spüre ich.

„Angelo?"

Er richtet sich auf, schaut über mich hinweg zum Meer, da platzt es aus ihm heraus: „Als ihr Bruder gestorben ist ... da haben alle so ein Riesentamtam gemacht, aber bei *mam-*

ma …" Er schüttelt den Kopf, sodass die Locken fliegen. „Keiner hat uns mal getröstet oder in den Arm genommen, da wurde gar nicht drüber gesprochen."

Mir ist plötzlich flau im Magen und mein Mund wird trocken. Es ist so furchtbar, dass Angelos Mutter nicht mehr am Leben ist. Ein echtes Drama, das ich mir gar nicht ausmalen mag. In meiner Hilflosigkeit schlinge ich meine Arme um ihn und drücke ihn so fest an mich, wie ich nur kann.

„Ist okay, Liv", murmelt er an meinem Ohr.

„Nein, das ist nicht okay. Ohne Mutter zu sein ist nicht okay."

Eine Weile stehen wir einfach bloß da und ich fühle Angelos Herz wummern. Nach einer kleinen Ewigkeit macht er sich los und lächelt mich an.

„Ich weiß. Aber ich bin wohl auch zu emotional. Sonia geht viel lockerer damit um. Durch das Tanzen ist sie längst drüber hinweg."

So ein Quatsch, denke ich, während Angelo forschen Schrittes den Schotterweg entlanggeht. Sonia hat genauso ihr Päckchen daran zu tragen. Ich laufe hinter ihm her. Es gibt so viel dazu zu sagen, nur wo soll ich anfangen?

„Wart mal, Angelo", sage ich und halte ihn am Arm fest. „Ich muss dir was sagen."

Er bleibt stehen und blickt mich an.

„Du hilfst Chiara. Das ist auch ganz toll von dir, aber ..." Ich verstärke den Druck auf seinen Arm. „Du musst auch dir selbst helfen."

Er lacht verunsichert auf. „Was soll das denn jetzt? Ich dachte, wir gehen baden."

„Du musst überhaupt nicht drüber hinweg sein", fahre ich unbeirrt fort. „So was dauert lange. Viele, viele Jahre! Und es ist auch gar nicht sicher, dass Sonia drüber hinweg ist. Sie tröstet sich nur die ganze Zeit mit ihrem Ballett."

Angelo nickt und schnippt ein Insekt weg, das auf seiner Schulter gelandet ist.

„Okay, und was soll ich deiner Ansicht nach tun?"

„Die Gefühle nicht wegdrücken. Wenn du weinen willst, weinst du eben, wenn du sauer sein willst, bist du sauer. Und vor allem musst du dir Zeit geben."

Angelo schaut auf seine Sneakers und schweigt. Ziemlich lange. Ich werde nervös. Hoffentlich war ich nicht zu aufdringlich.

„He", sage ich und ticke ihn so vorsichtig an, als könne er wie ein rohes Ei kaputtgehen.

Endlich hebt er den Blick und sagt: „Danke, Liv. Ich steh ja sonst nicht so auf schlaue Ratschläge, aber ich glaube, das war mal nötig."

Bunt schillernde Seifenblasen steigen vor meinem inneren Auge auf, als er mir einen zärtlichen Kuss gibt, dann legt er seinen Arm um meine Hüfte und eng aneinandergeschmiegt trotten wir weiter.

„Dein Vater redet auch nicht viel drüber, oder?", frage ich.

„Eigentlich nie. Ich weiß, er liebt deine Mutter über alles, aber trotzdem leidet er noch wegen *mamma.*"

„Ich weiß. Die Fotos von deiner Mutter ... Sie sind nicht zu übersehen."

Ehrlich gesagt glaube ich, dass man über den Tod geliebter Menschen nie hinwegkommt. Ich meine, so richtig. Und dass das irgendwie auch gut ist, weil sie so in den Gedanken der Menschen weiterleben.

„Komm", sagt er und zieht mich zu unserer Badestelle.

Sind wir hier sonst fast ganz allein, hat es sich heute eine Gruppe italienischer Jugendlicher unter unseren Palmen gemütlich gemacht. Angelo guckt mich enttäuscht an.

„Wollen wir lieber woanders hingehen?", fragt er.

„Wieso?"

„Na ja, ich dachte ..." Er zuckt mit den Achseln und grinst.

„Ja, ich auch", erwidere ich und lasse meine Hand über seinen Hintern gleiten. „Schnell baden und dann wieder nach Hause fahren?"

Nach Hause fahren wirkt wie ein Zauberwort. Angelo pfeffert den Rucksack in den Sand, schält sich in Windeseile aus seinen Klamotten und flitzt ins Meer. Ich brauche etwas länger, um mich auszuziehen und auf dem heißen Strand hinterherzuhüpfen.

Das Wasser ist herrlich erfrischend. Wir schwimmen um die Wette, planschen wie die Kinder herum und küssen uns. Über Wasser, unter Wasser, mit salzigen, nassen Lippen.

Erst als ich schon zu frösteln beginne, stapfen wir Hand in Hand aus dem Wasser. Und da sitzt sie dann, bloß eine Armlänge von unseren Sachen entfernt: Chiara.

„*Ciao!*", sagt Angelo, während ich wie gelähmt stehen bleibe.

Klar, das da auf dem Handtuch ist Chiara. Aber ich habe sie noch nie zuvor im Bikini gesehen und ihr Anblick ist erschreckend.

Ihre Arme und Beine sind dünn wie Streichhölzer, die Schultergelenke, Schlüsselblätter und Rippen treten überdeutlich hervor, ihre Brüste sind zu einem Nichts zusammengeschrumpft und ihre Beckenknochen sehen aus wie Schaufeln. Wäre das hier ein Gruselfilm, würde ich mir die Augen zuhalten oder lachen, doch dies ist die bittere Wahrheit.

Während ich abwechselnd hinstarre und weggucke, reden Angelo und Chiara auf Italienisch. Wie üblich verstehe ich kein Wort, aber der Ton zwischen ihnen ist nicht sehr herzlich.

Ich schnappe mir gerade mein Handtuch, als es passiert. Chiara steht auf, schmettert Angelo wild gestikulierend eine

Bemerkung an den Kopf, dann stakst sie zum Wasser. Wackelig wie ein Fohlen, das seine ersten Schritte macht. Jetzt glotze nicht nur ich, auch die anderen Jugendlichen starren sich die Augen aus dem Kopf. Ihre Schritte werden langsamer, sie beginnt zu taumeln, rudert ins Leere, dann sackt sie in sich zusammen.

„Chiara!", schreit Angelo und ist im nächsten Augenblick bei ihr.

Ich lasse das Handtuch fallen, sause über den heißen Sand und schnappe mir Chiaras Beine. Hoch damit! Irgendwo habe ich mal gelesen, dass das Blut so am schnellsten in den Kopf zurückfließt.

„Hey, pack mal mit an!", schnauze ich einen braun gebrannten Jungen auf Englisch an, der nichts Besseres zu tun hat, als zu gaffen.

Im selben Moment schlägt Chiara die Augen auf und guckt verwirrt zwischen uns hin und her. Ich lege ihre Beine wieder ab und Angelo hilft ihr beim Aufsetzen. Er sagt etwas auf Italienisch, Chiara haucht ein paar Worte mit blutleeren Lippen, ein anderer Typ mischt sich ein, das Wort *dottore*, also Arzt, fällt, woraufhin sie wie in Panik den Kopf schüttelt. Einer der Jugendlichen kommt mit einer Flasche Cola angeflitzt und hält sie Chiara hin, aber weil es keine Zero-Cola ist, will sie sie nicht. Sie will auch nicht zum Arzt. Und eigentlich will sie überhaupt nichts.

Ein Streit entbrennt, Chiara blafft Angelo an, der blafft zurück, die Worte fliegen wie Geschosse hin und her.

„Okay, Liv, komm", sagt Angelo, als sie ihm auf dem Höhepunkt ihrer Beleidigungen noch den Stinkefinger zeigt, und geht mit mir zurück zu unseren Sachen.

Scheinbar gelassen stopft er die Handtücher in den Rucksack.

„Was hast du zu ihr gesagt?", frage ich. Aus dem Augenwinkel sehe ich, dass Chiara sich die Augen aus dem Kopf heult.

„Willst du's wirklich wissen?"

„Klar."

„Dass sie von mir aus krepieren soll."

„Das hast du nicht gesagt."

„Doch!"

Erschrocken plumpse ich in den Sand. Angelo ist einer der gefühlvollsten Menschen, die ich kenne. Kaum vorstellbar, dass er so etwas denkt, geschweige denn ausspricht.

„Aber du meinst das nicht so."

Sein Blick geht zu Chiara, die von zwei Jungs getröstet wird.

„Natürlich nicht", sagt er leise. „Ich kann bloß nichts mehr für sie tun."

„Du willst sie hier echt sitzen lassen?"

„Ich *muss* sie hier sitzen lassen. Komm, Liv."

Eilig streife ich meine Klamotten über den nassen Bikini, dann gehen wir, ohne uns noch einmal umzudrehen.

„Und wenn sie noch mal zusammenklappt?", frage ich, als wir bei den Rädern ankommen.

„Es sind genug Leute da. Und der Typ mit der Colaflasche hat die Notfallnummer angerufen."

Wie aufs Stichwort kommt ein Notarztwagen über die Via Aurelia gesaust und bremst zwei Meter vor unseren Rädern. Die Türen gehen auf, zwei Sanitäter steigen aus und wir schicken die Männer runter zum Strand.

Angelo ist ruhig und in sich gekehrt, als wir losradeln. Ich spüre, wie sehr er sich um Chiara sorgt. Das würde ich an seiner Stelle auch tun. Aber vielleicht, so rede ich mir selbst gut zu, ist der Zusammenbruch auch eine Chance für sie. Vielleicht begreift sie endlich, dass es so nicht mit ihr weitergehen kann.

Pizza mit Ricotta, Kirschtomaten und roten Zwiebeln

Drei Tage Ferien. Drei Tage, die randvoll mit Sonne und Meer, mit Pizza und Pasta und jeder Menge Liebe sind. Aber es sind auch drei Tage, über denen ein unsichtbarer Schleier aus Trauer, Wehmut und Abschiedsschmerz hängt.

Am ersten Tag unternehmen Mama, Mr Smart, Angelo und ich einen Ausflug. In Robertos klapprigem Auto fahren wir die Küste entlang und machen mal hier, mal dort halt. Wir gucken uns einen Jachthafen an, spazieren durch die eine oder andere Fußgängerzone und essen in einer Strandbar zu Mittag. Die Pasta ist mittelmäßig, da gab es bei Roberto und Stella viel köstlichere Nudeln. Dafür entschädigt uns der Blick auf den Strand und das türkisfarbene Meer. Noch ein Espresso, dann geht es hinauf in die Berge in ein malerisches Dorf, von wo aus wir einen gigantischen Blick über die Bucht haben.

Mama und ich sind schon satt von all den Eindrücken, aber

Mr Smart besteht darauf, uns die Altstadt des Nebenorts zu zeigen, die eine der schönsten in ganz Ligurien sein soll.

Wir parken den Wagen an der Via Aurelia, dann stromern wir durch das überschaubare Labyrinth aus engen Gassen, probieren hier einen Mandelkeks, dort eine Focaccia, und als Angelo einen seiner hart verdienten Euros opfert, um in einem Kinderautomaten ein superkitschiges Glitzerarmband für mich zu ziehen, ist mein Glück perfekt. Mein erstes Schmuckstück von Angelo! Es ist kostbarer, als es ein echtes Armband je sein könnte.

Zurück zu Hause fällt mein Blick auf die Postkarten für Pauline, Franzi und Nick, die immer noch ungeschrieben auf Sonias Schreibtisch liegen. Weil es immer nur um Chiara oder Valentina oder um mein eigenes Liebesglück ging. Eine Weile kaue ich an dem Kuli, den ich von Sonias Schreibtisch stibitzt habe, dann schreibe ich auf beide Karten den gleichen Text:

Liebe Pauline/liebe Franzi,

da ich eine miese und egoistische Freundin bin, die immer nur Angelo im Kopf hat, schreibe ich euch erst heute. Das tut mir auch aufrichtig leid. Aber das bedeutet nicht, dass ich euch weniger lieb habe. Ganz im Gegenteil. Ich kann es kaum abwarten, euch alles live zu berichten. Ich freue mich schon riesig auf euch.

Dicke Knutscher,

Eure Liv

Als Nächstes knöpfe ich mir die Karte an Nick vor.

Hi Nick,

es ist hier wie im Paradies! Das Meer, die Sonne, das Essen ... Der Koch in der Trattoria hat mir ein supercooles Kochbuch mit ligurischen Spezialitäten geschenkt! Ich freue mich schon riesig darauf, mit dir etwas daraus zu kochen.

Bis bald!

Liv

Das Abendessen fällt heute aus – alle sind noch unglaublich satt von der Futterorgie – und Mama und Roberto verabschieden sich stattdessen zu einem kleinen Abendspaziergang. Auch Angelo und ich ziehen kurz darauf los, um die Postkarten einzuwerfen und uns anschließend den Sonnenuntergang von meinem Lieblingsfelsen am Meer aus anzuschauen.

„Eigentlich würde es mir reichen, dich immerzu zu küssen und gar nichts anderes mehr zu machen", sagt Angelo, nachdem ich bei einem Dauerkuss beinahe einen Atemstillstand erlitten habe.

Ich muss lachen. „Echt?"

„Klar. Dir nicht?"

Ich überlege einen Moment. „Schon. Aber zwischendrin müsste ich auch mal was essen."

„Logisch, essen", sagt Angelo und schon küssen wir uns wieder.

„Rufst du heute noch Chiara an?", frage ich, als wir uns voneinander lösen. Mein Kopf liegt auf Angelos Schulter, seine Hand auf meinem Knie.

„Chiara?", sagt er und sieht plötzlich blass um die Nase aus.

„Ja, du weißt schon, wer das ist, oder?"

Er nickt den leise murmelnden Wellen zu. „Ich hab's vorhin zweimal probiert. Sie nimmt nicht ab."

„Das klingt nicht gut. Hast du es bei ihren Eltern versucht?"

„Meinst du wirklich, ich soll sie anrufen?"

„Ja, los!"

Angelo nimmt sein Handy raus und seine Gesichtszüge werden starr. „Sie hat mir geschrieben. Ich hab's gar nicht piepen hören."

Mein Herz fällt in einen nervösen Trab, als er die Nachricht aufklickt. Seine Stirn ist leicht gerunzelt, dann öffnen sich seine Lippen einen Spalt und er guckt regungslos aufs Smartphone.

„Sag schon, was schreibt sie?"

„Es geht ihr gut", sagt er und lässt das Handy sinken.

In meinen Ohren klingt das, als würde es ihr im Gegenteil ziemlich schlecht gehen.

„Sie ist im Krankenhaus", fährt er langsam fort, „aber sie ist nicht in Lebensgefahr."

Mein Magen zieht sich unwillkürlich zusammen.

„Die Ärzte sagen, sie muss dringend zunehmen. Und weil sie das nicht alleine schafft, soll sie in eine spezielle Klinik in Genua verlegt werden."

Ich nicke. Es ist eine Chance, immerhin.

Angelo drückt meinen Arm. „Wartest du kurz hier? Ich probier's noch mal bei ihr."

Er klettert vom Felsen, läuft ein Stück die Promenade hinab, dann verschwindet er aus meinem Sichtfeld. Ich vertreibe mir die Zeit, indem ich aufs Meer schaue, wo sich der Feuerball langsam hinabsenkt.

Kaum zwei Wochen bin ich hier und so vieles ist passiert:

1. Ich bin verliebter denn je in Angelo.

2. Ich habe Valentina und Chiara kennengelernt. Zwei Mädchen mit riesengroßen Problemen, gegen die mein manchmal mangelndes Selbstwertgefühl ein Witz ist.

3. Matteo war ein supertoller Chef, der mir unglaublich viel beigebracht hat. Und ich kann voller Stolz behaupten, dass ich einige italienische Gerichte schon richtig gut hinbekomme.

Mein Leben könnte so schön sein, würde nicht über allem die Frage schweben: Wie geht es mit unserer Patchworkfamilie weiter? Geht es überhaupt weiter? Ehrlich, der Gedanke macht mich ziemlich nervös.

Die Sonne ist längst untergegangen, der Himmel flammend rot, als Angelo endlich zurückkommt.

„Und?", frage ich, weil sein Gesichtsausdruck nicht verrät, wie das Gespräch gelaufen ist.

Er nickt mir zu. Seine Mundwinkel wandern ein paar Millimeter nach oben: „Sie hat eingewilligt in die Klinik zu gehen."

„Aber das ist doch super!"

„Ja, schon. Nur hat sie gleich klargemacht, dass sie trotzdem nicht essen will."

Ich nehme Angelos Hand. „Du hast alles für sie getan, was du tun konntest. Einen besseren Freund als dich kann man gar nicht haben."

Angelo kauert sich erschöpft neben mir zusammen. „Zum Glück hat sie mir den Spruch mit dem Verrecken nicht übel genommen."

„Sie weiß, dass du es nicht ernst gemeint hast." Ich streiche über seinen Rücken. „Wirst du sie in Genua besuchen?"

„Klar. Wenn sie mich zu ihr lassen. Aber bis ihr wegfahrt, verbringe ich jede Minute mit dir, versprochen."

Er schlingt seine Arme um mich und küsst mich, und ich freue mich, dass zwei bestimmt wunderschöne Tage vor mir liegen.

Es ist der vorletzte Abend., Mama, Mr Smart, Sonia, Angelo und ich sitzen im grünen Hof der *Trattoria Stella* und haben fünf wagenradgroße Pizzas vor der Nase. Zusammen mit den Getränken passen die kaum auf den Tisch.

Meine Pizza sieht aus wie ein Gemälde. Auf einem dünnen Boden, der mit einem Hauch Tomatensoße bestrichen ist, türmen sich fluffige Ricottaberge neben roten Zwiebeln, angegrillten Kirschtomaten und duftendem Basilikum. Es ist die perfekte Sommerpizza und ich falle wie ein ausgehungertes Tier darüber her.

Mr Smart lächelt amüsiert. „Schmeckt's?"

„Nee, die ist voll eklig." Grinsend schiebe ich mir einen Bissen in den Mund.

Sonia kichert. Seit sie wieder zum Training geht, hat sie vierundzwanzig Stunden am Tag blendende Laune. Dabei bin ich mir nicht mal sicher, ob ihre Verletzung tatsächlich ausgeheilt ist oder ob sie ihre Schmerzen einfach nur ignoriert. Beim Essen quasselt und quasselt sie. Sie erzählt von einer neuen Hebefigur, die sie gelernt hat, von dem tollen dänischen Ballettlehrer, und immer wieder fällt der Name ihres Mittänzers Daniele. Verdächtig, verdächtig. Ob vielleicht was mit dem Typen läuft? Irgendwie kann ich mir Sonia gar nicht in einer Liebesbeziehung vorstellen. Denn eigentlich dreht sich bei ihr doch immer nur alles ums Ballett.

Nach und nach kapitulieren wir und begraben die Pizzareste mit unseren Servietten. Nur Sonia hat ihre *bufala* trotz Dauergequatsche bis auf den allerletzten Krümel geschafft.

Angelo rülpst leise und murmelt „Entschuldigung".

„Mögt ihr noch Nachtisch?", fragt Mr Smart.

„Klar, was Süßes geht immer", sagt Sonia.

Aber auch Mama, Angelo und ich haben nichts dagegen einzuwenden und Roberto bestellt bei der Kellnerin Anna, die immer nur abends da ist, ein Stück Ricottakuchen, eine Portion Tiramisu sowie ein Schälchen mit Panna cotta für uns alle zusammen.

„Kinder, wir sollten noch mal reden", sagt er, als wir gerade die Löffel in die Hand genommen haben.

Sonia blickt alarmiert auf. „Und worüber?"

„Jetzt guck bitte nicht so! Wir können doch nicht immer so tun, als würden die Ferien ewig dauern." Mr Smart greift nach Mamas Hand. „Julia und ich haben uns was überlegt."

Mein Herz wummert.

„Und was?", kreischt Sonia so laut, dass ich beinahe einen Hörsturz kriege.

Mr Smart kippt seinen Espresso auf ex runter, als müsse er sich Mut antrinken.

„Uns ist schon klar, dass das alles nicht leicht ist, und wir hoffen natürlich sehr, dass ihr einverstanden seid", fährt er fort, während Mama bloß angestrengt vor sich hin lächelt.

„Nun macht's nicht so spannend", sage ich und gucke zu

Angelo rüber, der seinen Vater mit aufgerissenen Nugataugen ansieht.

„Also gut. Wir würden das Modell Patchworkfamilie gerne ausprobieren."

„Nee, oder?" Sonias getuschte Wimpern flattern.

„Tesoro, wir haben doch schon so oft darüber gesprochen, wie es wäre, wenn wir nach München ziehen. Ihr könntet dort mit Liv zur Schule gehen. Sonia, du suchst dir eine Ballettschule, Angelo nimmt sich einen Gesangslehrer. Und ich arbeite weiter an meinen Übersetzungen."

„Aber damit wir nicht so unter Druck geraten", schaltet sich Mama ein, „also mit dem Umzug und allem, was damit zusammenhängt ..."

„Was hängt denn alles damit zusammen?", unterbricht Sonia sie mit einer Stimme, die das Mittelmeer gefrieren lässt.

„Wir müssten natürlich eine größere Wohnung für uns alle finden", fährt Mama fort. „Und unsere jetzige Wohnung kündigen. Ihr eure hier auch."

Sonia verschränkt die Arme vor der Brust und beobachtet die Leute am Nebentisch, als würde sie das alles gar nicht interessieren.

„Jedenfalls sind wir zu dem Schluss gekommen, dass das bis zum Schulbeginn nicht mehr hinhaut." Mr Smart atmet aus. „Und dass wir uns alle auf eine kürzere oder auch längere Wartezeit einstellen müssen."

Während Sonia wie angeknipst in sich hineingrinst, greift Angelo nach meiner Hand und drückt sie. Ich weiß, was er mir damit sagen will. *Wir wollen jetzt zusammen sein. Heute! Morgen! Immer!*

„Und wie stellt ihr euch das vor?“, fragt er. „Sollen wir dann etwa mitten im Schuljahr nach München wechseln?“

„Das wäre eine Möglichkeit“, meint Mr Smart. „Oder wir verschieben die Sache gleich aufs nächste Schuljahr.“

„WAS?!“, entfährt es mir, während Sonia murmelt: „Besser aufs nächste Leben.“

„Muss das jetzt sein, Sonia?“ Roberto schüttelt unmerklich den Kopf. „Wir hatten so einen schönen Abend.“

„Jetzt eben nicht mehr.“ Sie schiebt ihren Stuhl zurück und stampft unballettös Richtung Gastraum.

„Tja, dumm gelaufen“, murmele ich.

„Was sagst du denn dazu, Angelo?“, erkundigt sich Mama.

„Na, was schon? Ich würde jederzeit nach München ziehen. Ich kann ja auch wieder im Wohnzimmer schlafen.“ Er lächelt mich an. „Oder bei Liv.“

Ich lächele unwillkürlich zurück. Mama und Mr Smart grinsen sich einen, und obwohl ich nach meinen Knutscherfahrungen mit Angelo etwas abgebrühter sein müsste, werde ich rot.

Bloß einen Pulsschlag darauf stolpert eine völlig aufgelöste Sonia auf die Terrasse – vielleicht ist sie nicht mal aufs Klo gegangen, sondern hat an der Eingangstür gelauscht? Sie kreischt etwas auf Italienisch, dann macht sie auf dem Absatz kehrt und zischt ab.

Die anderen Gäste gaffen, manche tuscheln. Angelo und Roberto wechseln einen bestürzten Blick.

„Was hat sie gesagt?", will ich wissen.

„Dass wir am besten gleich nach Deutschland abhauen sollen", erwidert Angelo gedämpft. „Und dass sie trotzdem hierbleibt."

Mama lacht verzweifelt auf. „Das meint sie jetzt doch nicht ernst. Oder, Roberto?"

Mr Smart klemmt sich eine Locke hinters Ohr und einen Moment sehe ich Angelo in ihm. Angelo in sehr viel älter.

„Ich fürchte schon. Da kennt ihr den Dickschädel Sonia schlecht."

„Und jetzt?" Mamas Augen glänzen verdächtig.

Und auch ich habe plötzlich einen Kloß im Hals. Es wäre so traurig, wenn das Familienmodell an Sonia scheitern würde. Aber ich könnte es ihr nicht mal verübeln. Es ist bestimmt nicht leicht, sein Zuhause aufzugeben, um in einem anderen Land ganz von vorne anzufangen.

Stella kommt mit wehenden Trompetenärmeln angelaufen und fragt, was los sei.

„Sonia will nicht von hier weg, das ist los." Mr Smart schnaubt leise.

Seine Schwester lässt sich auf den frei gewordenen Stuhl sinken und sagt: „Roberto, warum muss das Mädchen denn eigentlich um jeden Preis nach München gehen?"

„Na, hör mal! Glaubst du, ich lasse mein Kind hier allein?" Stella gießt sich einen Schluck Wein ein und trinkt aus Sonias Glas. „Und wenn sie zu mir zieht? Sie könnte hier weiter zur Schule und zum Ballett gehen. Und ab und zu fliegt sie am Wochenende nach Deutschland. Oder ihr kommt her. Wo ist das Problem? Internatsschüler leben doch auch in der Woche von ihren Eltern getrennt. Sei einfach mal ein bisschen flexibel."

Wow, was für eine verblüffend simple Lösung! Aber ob Roberto da mitzieht? Ein Leben ohne seine Tochter? Und selbst wenn, ist es immer noch fraglich, ob Sonia es so prickelnd finden würde, zu ihrer Tante zu ziehen.

Mr Smart schweigt. Ich sehe es förmlich hinter seiner in Falten gelegten Stirn rattern. Ich gucke zu Angelo rüber, der mit leicht geöffneten Lippen vor sich hin starrt.

„Ich habe doch das Gästezimmer", fährt Stella fort. „Meistens steht es sowieso leer. Und es ist sogar noch größer als Sonias Zimmer."

„Also, ich weiß nicht, Stella ..." Robertos Blick geht zu Mama. „Was meinst du denn, Julia?"

Mama guckt in das flackernde Windlicht auf dem Tisch.

„Natürlich wäre es schön, wenn wir alle zusammen sein

könnten, aber wenn Sonia sich gegen uns und für ihre Heimat entscheidet, ist das für mich auch okay." Sie schweigt einen Augenblick, bevor sie fortfährt: „Du musst nur wissen, ob du damit klarkommst."
Roberto nickt. Doch seine Miene ist erschreckend ernst.
„Und du, Angelo?", fragt Stella.
„Ich? ... Ich weiß nicht ... also ..." Er bricht ab.
Oje, das klingt nicht so, als würde er den Vorschlag auch nur ansatzweise gut finden.
„Frag sie doch einfach mal." Stella steht auf und klopft ihrem Bruder auf die Schulter. „Mein Angebot steht jedenfalls."
So fröhlich der Abend angefangen hat, so nachdenklich klingt er aus. Eine Frage schwebt in großen Lettern über unseren Köpfen: Darf man eine Familie allein wegen der Liebe auseinanderreißen?

Sonia weint.
Sie weint so bitterlich, dass ich mich, als ich ins Zimmer komme, sofort zu ihr aufs Bett setze.
„So schlimm?", frage ich.
„Schlimmer!" Herzzerreißende Schluchzer kommen aus ihrer Kehle.
Die Tür öffnet sich und Mr Smart schaut herein.

„Geh weg!", blafft sie.

„Sonia ..."

„Hau ab!" Sie nimmt ihr Kissen und pfeffert es in seine Richtung.

„Okay. Wenn du dich beruhigt hast, komm bitte mal zu Julia und mir ins Wohnzimmer."

„Wozu?"

„Um zu reden."

„Ich will aber nicht reden!", schluchzt sie. „Wir haben schon geredet!"

Mr Smart nickt mir traurig zu, dann zieht er sich geräuschlos zurück.

Was soll ich tun? Was kann ich überhaupt tun? Sonia dreht sich zur Wand, krümmt sich zusammen und weint. Ihre muskulösen Schultern beben, als ich sie streichele. Ich fahre über ihre Haare, die sich wie Angelos anfühlen, über ihren schwitzigen Nacken, irgendwann greife ich nach ihrer Hand, die sie zur Faust geballt hat, und halte sie fest. Ich weiß, dass Worte alles bloß noch schlimmer machen würden, also sitze ich einfach nur ganz still da.

Ein paar Minuten verstreichen, dann wird ihr Schluchzen leiser, sie wälzt sich zurück auf den Rücken und sieht mich aus rot geheulten Augen an.

„Willst du reden?", frage ich.

Sie schüttelt den Kopf. „Wozu? Ist doch alles Mist!"

„Für jeden Mist gibt es eine Lösung", sage ich, als hätte ich den Satz aus Franzis Hirn kopiert.

„In meinem Fall aber nicht. Ich will tanzen. Nur tanzen!"

„Aber das kannst du doch auch in München."

Sie stöhnt abfällig. „Man merkt, du hast echt keine Ahnung."

„Dann erklär's mir!"

Sonia zieht die Nase hoch und schnattert los: „Es gibt in Deutschland nur fünf gute Ballettschulen. Eine in Berlin, eine in Dresden, eine in Stuttgart, eine in München und eine in Hamburg. Aber es ist megaschwer, dort einen Platz zu bekommen." Sie holt tief Luft. „Außerdem habe ich hier meine Ballettfreundinnen."

„Und Daniele?"

Ein kleines Grinsen huscht über ihr Gesicht. „Ja, von mir aus auch den."

Hah! Hab ich's mir doch gedacht.

„Verstehe", sage ich.

„Nein, das verstehst du nicht."

„Na, super. Denkst du etwa, ich bin ein gefühlloses Monster?"

Sie schüttelt den Kopf.

„Klar kann ich mir vorstellen, Italienisch zu lernen und hier zur Schule zu gehen", fahre ich fort. „Ich kann mir auch vorstellen, nur noch Kekse zum Frühstück zu essen. Aber ein

Leben ohne Franzi, Pauline, Nick und Angelo ... Das wäre echt hart."

Sonia guckt mich mit glasigen Augen an. Einen Sekundenbruchteil lang lächelt sie, doch schon füllen sich ihre Augen wieder mit Tränen.

„Geh mal ins Wohnzimmer." Ich streiche ihr sanft über die Schulter. „Ich glaub, dein Vater will dir etwas sagen."

Sonias Augenbrauen fangen an zu tanzen. Rauf und runter wandern sie, dann fragt sie: „Und was?"

„Das soll er besser selbst tun."

Sonia rührt sich nicht. Sie starrt durch mich hindurch, als wäre ich gar nicht anwesend.

„Hallo, Sonia, ich bin's!"

Ich wedele mit meiner Hand vor ihren Augen.

„Ich weiß, wer du bist."

„Na, los, mach schon. Es gibt vielleicht noch eine andere Lösung."

Sie nickt, huscht aus dem Zimmer, und als ich kurz darauf ins Bad rübergehe, um mich bettfertig zu machen, höre ich Stimmen im Wohnzimmer. Zum Glück! So vertrackt wie die Situation ist, müssen die beiden offen und ehrlich miteinander reden.

Es klopft leise – es ist das typisch zurückhaltende Angelo-Klopfen – und ich öffne.

Angelo grinst, als er mich mit der Zahnbürste im Mund erblickt. Mit einem Satz ist er bei mir, schlingt seine Arme um mich, lässt Küsse auf meine Schlüsselbeine prasseln und kitzelt mich an der Taille. Ich muss lachen und schaffe es gerade noch, den Zahnpastaschaum ins Waschbecken zu spucken.

„Wie läuft's mit Sonia und deinem Dad?", frage ich, nachdem ich mir den Mund auf die Schnelle ausgespült habe.

„Ich glaube, Sonia findet die Idee, bei *zia* Stella zu bleiben, gar nicht mal so übel."

„Und wie findest du das?"

Angelos Schultern zucken auf und ab. „Ein bisschen traurig ist es schon. Ich mein, sie ist meine Zwillingsschwester. Auch wenn wir ganz unterschiedlich sind. Aber wir haben immer zusammengelebt. Von der ersten Minute an." Er guckt mich mit schief gelegtem Kopf im Spiegel an. „Okay, früher oder später ziehen wir ja sowieso von zu Hause aus. Oder Sonia geht aufs Ballettinternat."

„Und du?", frage ich. „Fällt es dir gar nicht schwer, alles aufzugeben? Deine Basketballmannschaft? Chiara? Den Job in der Eisdiele? Deinen Gesangslehrer? Das Meer, die Palmen und den Strand?"

Angelo lacht, doch seine Augen lachen nicht mit.

„Ja und nein."

In der nächsten Sekunde zieht mich Angelo zu sich heran und sagt: „Nein, ich habe ja dich. Und du bist mir wichtiger als alles andere auf der Welt. Von mir aus könnte man uns beide auch auf dem Mars ansiedeln, das wäre mir egal."

Eine Glückslawine donnert mit Karacho durch mich hindurch.

War das gerade eine Liebeserklärung, Liv?

Äh, ja, ich denk schon.

Angelo nimmt meinen Kopf in seine Hände und dann tauschen wir einen Zahnpasta-Kuss aus. Er ist so hammermäßig, dass mir vom Scheitel bis zu den Fußsohlen heiß wird und der Magenfahrstuhl in mir auf- und abrauscht.

„Kommst du gleich zu mir?", krächzt er, als wir uns voneinander lösen.

Ja, ja, ja! Wir werden bis zur Besinnungslosigkeit knutschen!

Nein, Liv, du gehst nicht zu ihm. Denk bloß mal an Sonia, die einsam in ihre Kissen heult.

Aber ich bin doch bald weg!

„Okay, aber wenn du mit mir schlafen willst, da mach ich nicht mit!", platzt es aus mir heraus.

Angelo sieht mich aus großen Augen an, dann lacht er laut auf. „Also, echt, Liv, wir haben alle Zeit der Welt." Er gibt mir einen Kuss auf die Nasenspitze. „Eigentlich wollte ich dir nur noch mal dein Lied vorspielen. Und dich im Arm halten. Und ..." Er seufzt tief auf. „Ich hab mir so oft ausgemalt, wie das wohl ist, ein Mädchen die ganze Nacht im Arm zu haben."

„Ein Mädchen?"

„Nein, dich!" Er knufft mich. „Also?"

„Und Sonia?", frage ich. „Ist es nicht fies, wenn ich sie heute Nacht im Stich lasse?"

Angelo lächelt, dann schüttelt er den Kopf. „Du bist echt süß. Aber Sonia kommt sehr gut alleine klar." Er zwinkert mir zu. „Außerdem kann sie sich doch mit diesem Daniele schreiben."

Irgendeine *Das geht doch nicht*-Stimme in mir quäkt und nölt zwar immer noch, aber spätestens als wir unter das kühle Laken schlüpfen, ist alles gut. Und ich weiß, dass ich in dieser Sekunde das einzig Richtige tue.

Zuckersüße Haselnuss-Pralinen

Meine erste Nacht mit Angelo. Sie ist einfach nur wunderschön. Wir liegen eng umeinandergeschlungen da, und mir ist so heiß, dass ich glaube, ich müsste schmelzen.
Wir küssen uns. Wir streicheln uns. Immer wieder und überall.
Zwischendurch reden wir auch. Über die Schule, über Musik und über Chiara, um die Angelo sich so große Sorgen macht. Plötzlich kommen ihm Zweifel. Ob er vielleicht zu hart zu ihr war.
„Nein, du hast alles richtig gemacht", bestätige ich ihn. „Und das weißt du auch."
Er nickt mir zu, dann halten wir uns an den Händen und lauschen in die Nacht. Es ist ein eigenartiges Gefühl. Vertraut und fremd zugleich. Vertraut, weil ich die ganze Zeit Angelos Sommertag-am-Meer-Geruch in der Nase habe. Weil ich es genieße, wenn er mir schöne Dinge ins Ohr flüstert. Und weil ich es mag, wenn seine Hände über meinen Körper fah-

ren. Fremd, weil ich noch nie eine Nacht mit einem Jungen in einem Bett verbracht habe und das so aufregend ist, dass ich kaum atmen kann.

„Weißt du, was ich jetzt am liebsten tun würde?", fragt er in die Dunkelheit.

Er will mit dir schlafen, Liv, ich hab's geahnt!

Aber ... äh ... ich nehme doch gar nicht die Pille. Vielleicht hätte ich doch besser auf Mama hören sollen.

Bestimmt hat er Kondome in der Schublade. Haben doch alle Jungs.

„Mit dir an den Strand gehen", dringt seine kratzige Stimme an mein Ohr.

„Was? Jetzt?"

„Ja! Warum nicht? Ist doch egal, ob wir hier wach rumliegen und nicht schlafen können oder noch einen Spaziergang machen."

„Und Mama und Roberto?"

„Die kriegen das gar nicht mit. Wir sind leise." Er lacht. „Außerdem denken die mit ihrer schmutzigen Fantasie doch sowieso, dass wir mit anderen Dingen beschäftigt sind."

Mit einem Satz bin ich aus dem Bett und schlüpfe in meine Sachen. Hallo Meer, ich komme!

Der Ort liegt wie ausgestorben da, aber auch an der Promenade kommt uns niemand entgegen. Ich höre das Meer rauschen, Palmenblätter im Wind rascheln, und über uns spannt sich der Nachthimmel mit lauter blinkenden Sternen und einem Vollmond, der wie angemalt aussieht.

Wow, ist das romantisch!

Angelo schwingt sich blitzschnell über die Pforte zu einem Privatstrand, dann streckt er mir seine Hand hin.

„Dürfen wir das denn?", frage ich, während ich bereits hinterherklettere.

„Das ist mir so was von egal." Seine Zähne leuchten im Dunkeln. „Wir klauen ja nichts. Außerdem sollte der Strand sowieso allen gehören."

Wir ziehen unsere Schuhe aus, stapfen durch den Sand zum Meer und lassen unsere Füße vom nachtkalten Wasser umspülen. Eng umschlungen stehen wir da, zählen die Sterne und küssen uns immer wieder. Könnte ich diesen Moment doch nur einfrieren! Portionsweise in kleinen Behältern, um sie später, wenn es mir mal schlecht gehen sollte, einfach wieder aufzutauen.

„Ich bin so glücklich!", schreie ich in die Nacht.

„Und ich noch viel mehr!", schreit Angelo hinterher.

„Komm!", sage ich. „Wer als Erster bei den Liegestühlen ist!"

Angelo flitzt los, ich keuche hinter ihm her und schaffe es in letzter Sekunde, ihn zu überholen.

Mit wenigen Handgriffen hat er zwei Liegestühle ausge-
klappt und bietet mir gentlemanlike einen an. Ich lasse mich
kichernd hineinfallen.

„Das ist jetzt aber echt verboten."

„He, du bist so spießig! Hast du etwa noch nie etwas Verbo-
tenes getan?"

*Aber hallo! Liv, du bist mal mit Franzi nachts ins Schwimm-
bad eingebrochen.*

*Stimmt, und ich hab in der Schule ein paarmal bei Pauline
abgeschrieben.*

*Und du hast bis zum Abwinken über die blöde Kuh Nastja
Elena Schulz gelästert.*

„Nö", antworte ich.

„Du lügst!"

„Woher weißt du das?"

„Weil du dann immer die Nase kraus ziehst." Angelo beugt
sich zu mir rüber und küsst meine Nasenspitze. „Hast du
Hunger?"

„Quatsch, nee. Du?"

Statt einer Antwort kramt er eine silbrige Praline aus seiner
Hosentasche.

„Kennst du die? Schon mal probiert?"

Ich schüttele den Kopf.

„Das sind *Küsse*, auf Italienisch *baci*."

Er wickelt die Praline aus und schiebt sie mir in den Mund.

Die Schokolade schmilzt in meinem Mund, ich schmecke süße Schokolade, dann zerbeiße ich eine Haselnuss. Ziemlich lecker, aber Angelos echte Küsse sind mir trotzdem lieber.

„Als Kinder waren Sonia und ich oft mit *mamma* hier", sagt er und bohrt seinen großen Zeh in den Sand.

„Genau an dieser Stelle?"

Er nickt. „Früher stand hier noch kein Hotel. Das war der Strand für die Einheimischen. Wir haben quasi unsere Ferien hier verbracht."

„Und dein Vater?"

„Der war damals noch Lektor im Verlag und den ganzen Tag in Genua bei der Arbeit. Sonia und ich haben hier schwimmen gelernt. Am Wochenende hat *mamma* einen Picknickkorb gepackt, *papà* hat den großen Sonnenschirm aus dem Keller geholt, und dann haben wir den ganzen Tag am Wasser gespielt."

Angelo spricht mit ruhiger, fester Stimme, aber ich merke, wie nahe es ihm geht, wenn er über seine Mutter redet. Er erzählt auch von ihrer Krankheit, wie alles losging mit den Schmerzen und man zunächst nicht wusste, was mit ihr nicht stimmt. Und dann ging es plötzlich doch so schnell.

„Du vermisst sie sehr, oder?"

Angelo schaut mich an und seine Nugataugen sehen im

Dunkeln schwarz aus. „Ich weiß es nicht mal. Aber ich denke sehr viel an sie." Und mit rauer Stimme setzt er nach: „Eigentlich immer. Jeden Tag."

Das haut mich wirklich um. Ich denke so gut wie nie an meinen Vater. Wobei ich ja auch gar keine Erinnerungen an ihn habe, die ich mir ins Gedächtnis rufen könnte.

„Sie hätte dich bestimmt toll gefunden", fährt er fort.

„Wieso bist du dir da so sicher?"

„Sie mochte intelligente Mädchen. Die wissen, was sie mit ihrem Leben anfangen wollen. Und nicht den ganzen Tag vorm Spiegel stehen, sich schminken und immer nur Selfies von sich machen."

Mir wird kalt und ich schlinge meine Arme um meinen Körper.

„Sollen wir gehen?", fragt Angelo.

Ich nicke. So romantisch es auch ist, mit Angelo unter freiem Himmel zu sitzen und die Nacht vorüberziehen zu lassen, so sehr sehne ich mich jetzt doch danach, mich auf seinem Hochbett auszustrecken und die Augen zuzumachen.

Wir klappen die Stühle zusammen und stellen sie ordentlich weg, dann verschwinden wir ebenso heimlich, wie wir gekommen sind. Nur unsere Fußspuren werden uns morgen früh vielleicht verraten.

Es ist schon kurz nach zwei, als wir endlich im Bett liegen. Ich kuschele mich in Angelos Armbeuge und dann verlässt

mich meine Erinnerung. Ich schätze, ich bin einfach eingeschlafen. In Angelos Arm. Und ganz im Ernst, es gibt keinen
schöneren Platz auf der Welt.

Linguine mit grünen Bohnen, Kartoffeln und Pesto

Als ich am nächsten Morgen aufwache, weiß ich im ersten Moment gar nicht, wo ich bin. Erst dann begreife ich: Ich liege immer noch an Angelo geschmiegt da und die Sonne scheint durch die offen stehenden Rollläden.
Angelo grunzt leise und lächelt schlaftrunken zu mir rüber. Genau in dieser Sekunde fällt mir etwas ziemlich Blödes ein: Heute ist unser letzter Tag in Italien. Unser allerletzter Tag! Morgen geht es megafrüh zurück nach München und schon gegen Mittag werden Mama und ich zu Hause sein.
„Gut geschlafen?", flüstert Angelo und gibt mir ein Küsschen.
Ich nicke. „Ich glaub, ich hab von dir geträumt."
„Und was?"
„Keine Ahnung."
Du lügst doch, Liv! Du hast ihn geküsst und unanständige Sachen mit ihm angestellt!

Äh, echt?

Ja, und jetzt würdest du am liebsten noch mehr unanständige Sachen mit ihm anstellen.

„Willst du schon aufstehen?", frage ich.

„Nö."

Angelo grinst mich frech an, und als hätten wir beide denselben Gedanken in derselben Sekunde, lachen wir los. Wir tauchen unter dem Laken ab und knutschen drauflos, als gäbe es kein Morgen.

Mit Angelo zusammen zu sein fühlt sich manchmal so unwirklich an. Als würde ich in einem quietschrosa Gummiboot durchs Universum segeln. Und dann staune ich immer wieder, dass alles ganz real ist. Angelos streichelzarte Haut, seine Küsse, seine wilden Locken, durch die ich so gerne mit meinen Fingern fahre.

Franzi meinte mal, jeder Mensch habe ein Liebeskonto mit einer bestimmten Anzahl von Punkten. Und sobald diese verbraucht sind, war's das eben mit der Liebe. Wenn ihre These stimmt, ist bei mir vielleicht schon morgen früh Schluss. Weil ich in diesen zwei Wochen so unersättlich war. Und dann bin ich für den Rest meines Lebens dazu verdonnert, nonnenhaft vor mich hin zu dümpeln. Aber ehrlich, das wäre mir dann auch egal. Weil ich Angelo in dieser kurzen Zeit so sehr geliebt habe, wie man einen Menschen nur lieben kann.

Die späte Vormittagssonne bringt das Zimmer zum Kochen, und trotzdem schaffen wir es nicht, uns voneinander zu lösen.

Irgendwann sehr viel später klopft es leise.

„Ja?", sagt Angelo und ich ziehe das Laken über unsere verschwitzten Körper.

Die Tür geht einen Spalt auf und Mr Smart ruft: *„Buongiorno! Lebt ihr noch?"*

„Ja, wir stehen gleich auf", sagt Angelo mit total normaler Stimme. So als hätten wir schon hundertmal zusammen übernachtet.

„Julia und ich gehen an den Strand."

Mr Smart zieht die Tür wieder zu. Angelo sieht mich bedauernd an. „Ich fürchte, wir müssen aufstehen."

Ich lasse Angelo zuerst duschen, danach husche ich ins Bad, und als ich in dem letzten frischen Sommerkleid aus meinem Koffer in die Küche komme, sitzt Sonia neben Angelo am Küchentisch, die schlanken, sonnengebräunten Beine umeinandergeschlungen und schmettert mir ein überraschend fröhliches *buongiorno!* entgegen.

„Buongiorno", erwidere ich und gucke verunsichert zu Angelo.

„Hattet ihr jetzt endlich Sex?" Sie schnappt sich einen Keks und beißt so energisch hinein, dass die Krümel fliegen.

Angelo verdreht die Augen.

„Kann ich mal die *caffettiera* haben?", frage ich und strecke meine Hand aus.

„Bitte."

Sonia reicht mir die Espressokanne und schiebt mir auch gleich die Milch rüber. Ich gieße mir Kaffee ein und einen großzügigen Schuss heiße Milch dazu, dann probiere ich. Schmeckt supergut. Hoffentlich kann ich Mama davon überzeugen, dass wir uns auch so einen kleinen Espressokocher kaufen, den man einfach nur auf den Herd zu stellen braucht, und kurze Zeit später blubbert duftender Kaffee hoch.

„Okay", sagt Sonia. „Ich hab's meinem Bruder schon gesagt."

„Was?"

Kommt sie mit nach München? Hat sie sich dort eine Ballettschule gesucht? Das wäre ja ...

„Sag du ihr es", brummelt Angelo und scannt die frisch gestrichenen Wände.

Ich lege meine Hand auf seine, dann kommt auch Sonias Hand angekrabbelt und streichelt meine.

„Angelo ist ein ziemlich guter Schauspieler." Sie grinst schief. „Im Grunde freut er sich schon total mich endlich los zu sein."

„Heißt das ...?", setze ich an.

Sie nickt. „Ich bleibe hier. Bei *zia* Stella."

Angelo zieht seine Hand weg und blickt aus dem Fenster.

Ich kann mir gut vorstellen, wie es gerade in ihm aussieht. Ein einziges Durcheinander der Gefühle.

„Das wird super für dich in München, Angelo", fährt sie fort. „Und wir sehen uns ja ganz oft an den Wochenenden."

Angelos Lächeln wirkt angestrengt, als er sich einen Keks nimmt.

„Okay, Leute, ich muss zum Training." Sonia entknotet ihre Beine und steht auf. „Wir sehen uns später."

Weg ist sie, und ich gucke Angelo eine Weile dabei zu, wie er appetitlos an dem Keks herumknabbert.

„Angelo?"

Er blickt auf. Auch wenn es unangenehm ist, ich muss ihn das jetzt fragen. Nicht, dass er nach München zieht, todunglücklich wird und unsere Liebe den Bach runtergeht.

„Willst du doch lieber hier bei deiner Schwester bleiben?"

Mein Herz klopft absurd schnell, doch dann schüttelt er langsam, also wirklich ganz schrecklich langsam, den Kopf.

„Nein, Liv", sagt er und ein Minilächeln zuckt um seine Mundwinkel. „Ich freue mich auf München, sehr sogar. Aber es ist trotzdem komisch. So ganz ohne meine Schwester."

Auch für mich wird es ungewohnt sein. Nur wir beide und Mama und Roberto. Keine Sonia mehr, die mich mit ihren Schlafgeräuschen und den herumfliegenden Ballettsachen nervt. Und ich glaube, das wird mir ziemlich fehlen.

Die Minuten sind kostbar, und ginge es nach mir, würde ich jede einzelne am liebsten mit Angelo auf seinem Hochbett verbringen. Knutschend, küssend, irgendwo zwischen Wolke sieben und achteinhalb schwebend. Angelo will das eigentlich auch, doch dann überkommt ihn plötzlich wegen Chiara so ein komisches Gefühl, und er bricht überstürzt auf, um sie zu besuchen.
Klar, das verstehe ich. Alles andere wäre auch egoistisch und dumm von mir. Ich packe meinen Koffer, bringe das Schlachtfeld von Küche in Ordnung, danach breche ich zu einer letzten Runde durch den Ort auf. Ganz allein, um von diesem wunderschönen Fleckchen Erde Abschied zu nehmen. Ich schlendere durch die mir inzwischen so vertraute Fußgängerzone, kaufe für Paulina und Franzi zwei kunterbunte Perlenarmbänder als Mitbringsel, gönne mir im *Profumo* ein letztes salziges Karamelleis, weiter geht's auf einen Abstecher in die *Trattoria Stella*. Matteo und Valentina Tschüss sagen – ich habe es ihnen versprochen.
„Geil, Liv ist da!", brüllt Valentina, als ich in die Küche komme.
Es duftet nach irgendetwas Leckerem und aus dem riesigen Pasta-Topf steigt Wasserdampf auf.
Sie legt das Messer weg, wischt sich die Hände an der Schür-

ze ab und umarmt mich stürmisch. „Gut siehst du aus!" Sie hält mich ein Stückchen von sich ab. „Aber braun bist du nicht gerade geworden."

„Muss man auch nicht. Ich kann mit meinem Weizenmehl-Typ-405-Hautton echt gut leben."

Valentina lacht glucksend. „Da hast du auch wieder recht. He, du kriegst ja noch was von mir." Sie gräbt in ihrer Hosentasche und fischt drei Zehner und einen Fünfer raus.

Ich bedanke mich – die kleine Finanzspritze kann ich gut gebrauchen –, dann erkundige ich mich nach ihren Hunden. Valentina strahlt. „Och, denen geht's gut. Signor Monti hat eine richtig fette Summe springen lassen. Damit kann ich bis Ende des Jahres alle Unkosten bezahlen."

Ich freue mich wahnsinnig für Valentina, dass der Hotelbesitzer sein Versprechen auch gehalten hat.

„Und wie läuft's hier in der Küche?", frage ich weiter.

„Na ja, Matteo und ich, wir sind ganz schön am Schwitzen, um alles zu schaffen."

„Was höre ich da?", tönt der Koch in meinem Rücken.

Ich fahre herum und sehe erst nur einen riesigen Bauch. Dann Matteo, der mich an den selbigen quetscht. „Schön, dass du noch bist gekommen!"

„Na, klar. Hab ich doch versprochen." Ich befreie mich aus seinem Klammergriff. „Ist echt so viel zu tun? Soll ich helfen?"

„Untersteh dich!", sagt Matteo. „Du machst heute nur Eis essen, Strand und *amore* mit deinem Freund, *d'accordo?* Montag kommt noch zweite Koch. Der hat früher gearbeitet in Sizilien."

„Endlich", murmelt Valentina. „Ich hab schon Schwielen an den Händen vom vielen Gemüseputzen."

„Kann ich bitte eine Kochschürze haben?", frage ich.

„Nein, kannst du nicht", entgegnet Matteo.

„Aber ich möchte gerne! Ich will auch kein Geld dafür haben."

Angelo ist noch bei Chiara im Krankenhaus und alleine am Strand rumliegen macht sowieso keinen Spaß.

Valentina stupst Matteo an. „Nun lass sie doch, wenn sie unbedingt schuften will."

„Also gut." Matteo schlurft seufzend nach nebenan, um eine Schürze für mich zu holen.

Hände waschen, auf geht's. Ich schäle Knoblauchzehen, säubere Basilikumblätter, putze grüne Bohnen, dann kochen Valentina und ich ein typisch ligurisches Nudelgericht mit Kartoffeln, Bohnen und Pesto, das auch in dem Imbiss in Genua auf der Karte stand.

Angelo meldet sich per Handy und schneit genau in dem Augenblick herein, als Valentina und ich die Pasta probieren.

„Magst du auch was?", fragt sie ihn statt einer Begrüßung.

„Sehr gerne."

Valentina füllt ihm auf, dann verdonnert sie uns beide dazu, uns zu den anderen Gästen auf die Terrasse zu setzen. Schließlich sei das unser letzter Tag und den sollten wir gefälligst genießen.

Zum Glück ist mein Lieblingstisch unter dem Orangenbaum frei. Ein letztes Mal dort sitzen, die Sommerwärme auf der Haut spüren und zwischen den Blättern und wilden Apfelsinen den Himmel leuchten sehen ...

„Valentina ist ja doch ganz nett", meint Angelo und schiebt sich eine Gabel voll Pasta in den Mund.

„Sag ich ja."

„Aber ich muss jetzt nicht so richtig dicke mit ihr werden, oder?"

„Du musst gar nichts. Außer zu mir nach München ziehen."

Angelo grinst breit. „Schmeckt übrigens super."

„Ja, ich weiß", sage ich.

Meine Zeit hier in Italien hat meinem Selbstbewusstsein ziemlich auf die Sprünge geholfen. Anders als noch vor zwei Wochen kann ich jetzt mehr zu mir und meinen Fähigkeiten stehen und auch mal ein Kompliment annehmen, ohne gleich albern loszukichern.

„Wie geht es Chiara?", erkundige ich mich.

Angelo lässt die Gabel sinken. „Ganz okay. Also nicht richtig gut. Aber besser, als ich erwartet habe."

„Wer weiß, vielleicht ist sie insgeheim ja doch ganz froh, dass ihr endlich geholfen wird."

Angelo schaut eine Weile nachdenklich in den Orangenbaum, dann nickt er mir zu. „Sie wird jetzt erst mal gründlich durchgecheckt, bevor sie sie in die Spezialklinik verlegen. Und dann hoffe ich, dass die Therapie hilft."

„Ganz bestimmt", sage ich und drücke Angelos Hand. Franzi sagt immer, man soll positiv denken, das ist das Wichtigste im Leben. Und ich bin mir ziemlich sicher, dass sie recht hat.

Nach dem Essen tragen wir die Teller in die Küche, ich tausche E-Mail-Adressen mit Valentina und Matteo aus, Küsschen rechts, Küsschen links, *ciao, ciao*, dann ziehen Angelo und ich los an den Strand.

Wir haben keine Badesachen dabei, aber das macht nichts. Ich will einfach nur am Meer sein, es sehen, hören, riechen. Jede einzelne Minute, die mir noch bleibt, genießen. Morgen früh ist der Italientraum vorerst vorbei.

Johannisbeerkuchen

Es ist bereits kurz nach halb neun, als wir, also Mama, Roberto, die Zwillinge, Stella und ich, im Vistamare, einem Strandlokal etwas außerhalb des Ortes, sitzen. Mama musste erst ewig ihren Koffer umpacken, Sonia ihre schmerzenden Füße verarzten und Angelo im Zuge eines plötzlichen Eitelkeitsanfalls seine Locken mit Wachs zum Glänzen bringen. Mr Smart und ich haben so lange bei einem Glas Wasser in der Küche gewartet und die schöne himmelblau-gelbe Küche bewundert, der auch Chaos-Queen Liv nichts mehr anhaben konnte.
Angelo und ich sind noch von der Pasta satt und teilen uns eine Portion Bruschetta mit Tomaten, Olivenöl und Rucola. Ich liebe diese kleinen gerösteten Weißbrotscheiben, die hier so viel leckerer sind als bei unserem Italiener in München. Wir sitzen am Wasser, der laue Wind streichelt meine nackten Arme und Schultern, immer wieder schaue ich in Angelos Nugataugen und bin beschwipst vor lauter Glück.

Kein Wunder, dass Sonia nicht von hier wegziehen will. Ich würde es wohl auch nicht wollen. Das Meer liegt gleich vor der Haustür, das Wetter ist so viel schöner als bei uns und das Essen einfach nur fantastisch.

Doch Stella erzählt, dass das Leben für sie auch nicht immer bloß eitel Sonnenschein ist. Im Winter, wenn kaum Gäste kommen, hat sie oft Schwierigkeiten, die laufenden Kosten für die Trattoria zu bezahlen. Heizung, Strom, Matteos Gehalt ... Das kenne ich von Mama und ihrem Café. Manchmal wird's am Monatsende richtig eng bei uns. Und für Extras wie Kino, neue Klamotten oder Urlaub muss Mama sowieso an ihre Ersparnisse gehen, die eigentlich für meine Ausbildung gedacht sind.

„Meint ihr, ihr findet überhaupt eine Wohnung, die größer und trotzdem bezahlbar ist?", erkundigt sich Stella. „München soll ja so wahnsinnig teuer sein."

„Das stimmt auch", erwidert Mama und schiebt den Teller mit den gegrillten Tintenfischen, den Mr Smart für uns alle bestellt hat, in die Mitte. „Deswegen haben Roberto und ich uns auch was überlegt." Mama blickt erst mich, dann Angelo und schließlich wieder mich an.

„Und was?", frage ich.

„Wir dachten ... Also, weil Sonia ja nun erst mal nicht mitkommt, können wir doch vorerst in unserer Wohnung bleiben."

„Ach, echt?", sage ich.

Und wo soll Angelo dann schlafen? Bei mir?

Ganz genau, Liv. Warum auch nicht?

Aber dann würden wir ja nur noch knutschen.

Das ist ja auch der Sinn der Sache.

„Roberto hatte vorhin eine gute Idee", fährt Mama fort. „Wir verkaufen unser altes Sofa und stellen ein Schlafsofa ins Wohnzimmer. Angelo kann dann mein Schlafzimmer haben." Sie wendet sich Angelo zu. „Natürlich nur, wenn du einverstanden bist."

„Ach so, äh", stottert der. „Aber ich will niemandem das Zimmer wegnehmen."

„Kein Problem", meint Roberto. „Zum Arbeiten gehe ich in die Bibliothek oder ins Büchercafé. Oder ich miete mir einen Büroraum."

„Sag ja!", raunt Sonia ihrem Bruder zu. „Dann hast du ein Zimmer ganz für dich allein."

„Aber wird euch das nicht zu eng?", fragt Angelo mit zerknautschter Stirn. „Ihr müsstet jeden Tag das Bettzeug wegräumen."

„Das wird sich zeigen", antwortet Mr Smart ehrlich. „Für den Anfang ist es auf jeden Fall eine hervorragende Idee. Wir sparen viel Geld und sehen uns in Ruhe nach was Neuem um."

„Und ihr könntet schon zu Beginn des neuen Schuljahrs

kommen", ergänzt Mama. „Also in zweieinhalb Wochen. Na, wie findet ihr das?"

„Das … das wäre echt cool", stammelt Angelo.

„Äh, ja genial", presse ich hervor und bekomme vor Aufregung einen Schluckauf. Zweieinhalb Wochen, rattert es in Dauerschleife durch mein Hirn.

Bloß Sonia starrt wie schockgefrostet auf ihren Teller. Glücklich sieht irgendwie anders aus.

„Du kannst jederzeit zu mir ziehen", sagt Stella und legt den Arm um ihre Nichte. „Von mir aus auch schon morgen. Das Zimmer ist für dich bereit."

Sonia nickt ohne jede Gefühlsregung. Die Arme! Ihr scheint wohl erst jetzt bewusst zu werden, was die Entscheidung für sie bedeutet.

„*Papà*", krächzt sie plötzlich und setzt sich kerzengerade hin. Sie raunt Mr Smart etwas auf Italienisch zu. Angelo schaltet sich ein und dann plappern alle auf Italienisch durcheinander. Mama und ich sehen uns achselzuckend an.

„*Calmi, calmi!*" Roberto hebt seine Hände wie ein Dirigent. „Hier sitzen zwei am Tisch, die kein Italienisch verstehen, falls ihr euch erinnert." Er wendet sich seiner Schwester zu. „Stella, ist das ein Problem für dich, wenn Sonia ihre Möbel mitnimmt?"

„Natürlich nicht. Das Bett stelle ich in den Keller. Und den Schrank kann ich gut in meinem Schlafzimmer gebrauchen."

Sonia nickt zufrieden. Während sie jeden einzelnen Gegenstand aufzählt, den sie in ihrem neuen Zimmer haben will, halten Angelo und ich unter dem Tisch Händchen. Uns hat es schlicht die Sprache verschlagen. Nur noch zweieinhalb Wochen – und er zieht zu mir nach München! Das ist so unfassbar, dass die Synapsen in meinem Hirn verrücktspielen.

Erst später, als wir im Bett liegen – auch für die letzte Nacht habe ich mich in sein Bett geschummelt –, bin ich wieder halbwegs klar im Kopf.
„Kannst du dir das vorstellen?", frage ich und kuschele mich an ihn. „Ich mein, dass du bald mit mir zur Schule gehst? So ganz richtig?"
Angelo schüttelt den Kopf.
„Und dass wir den ganzen Tag Händchen halten können?"
Er lacht leise. „Oder uns küssen."
Ich glucke los. „Das dürfte in der Schule echt anstrengend werden. Ich sehe schon Nastja Elena glotzen. Und auch die anderen."
Eine Weile schaue ich einfach nur in Angelos schönes Gesicht, streichele seine abstehenden Ohren und wuschele durch seine Haare. „Aber du vergisst mich bis dahin nicht, okay?"

Er grinst. „Mal gucken. Eigentlich weiß ich schon jetzt nicht mehr, wer du bist."

„Idiot!"

„Und wirst du mich vergessen, *pomodoro?*" Er stupst mich mit der Nase an.

„Ja, das könnte mir schon passieren", antworte ich. „Von deiner Sorte laufen an meiner Schule nämlich ziemlich viele rum. Mal gucken, wie viele von denen ich in zweieinhalb Wochen vernaschen kann."

„Zwei?"

Ich schüttele den Kopf.

„Vier?"

„Minimum!", pruste ich los. „Oder schaffst du es, eine Tüte Gummibärchen nicht ganz aufzuessen, wenn sie erst mal auf ist?"

„Niemals!" Angelo boxt und kneift mich übermütig, dann wälzt er sich auf den Bauch, legt seinen Kopf auf den verschränkten Armen ab und blickt mich ernst an.

„Ich werde dich ganz schön vermissen, weißt du das? Auch wenn es nur zweieinhalb Wochen sind."

„Ich dich auch", erwidere ich. „Aber das Tolle ist, dass wir uns dann noch mehr aufeinander freuen können."

„Esatto! Ganz genau."

Und dann robbt er auf mich drauf, um mir einen seiner oberwahnwitzigen Küsse zu geben.

Das Flugzeug, das eben noch über die schneebedeckten Alpen geflogen ist, holpert durch die Wolken hindurch und landet schon kurz darauf im diesigen München.
Nein, das ist kein Traum. Alles ist ganz real. Mama, die etwas müde, aber italienbraun ist. Die proppenvollen Koffer, die wir ächzend vom Förderband fischen.
Die Nacht war kurz, aber wunderschön. Angelo und ich haben mehr gekuschelt als geknutscht, mehr gequatscht als geküsst. Über den Umzug und wie das alles überhaupt werden soll als neu gegründete Familie, die aus zwei Liebespaaren besteht. Und ob in dieser echt schrägen Konstellation Sonia nicht ganz schrecklich fehlen wird.
Um halb fünf ging der Wecker und zusammen mit den Vögeln, die gerade ein wunderschönes Konzert anstimmten, sind wir hundemüde aus dem Bett gekrochen. Katzenwäsche, Kaffee und Kekse im Stehen, schon ging es in Mr Smarts klatschmohnroter Klapperkiste über die Autobahn Richtung Flughafen.
Angelo hat mich zum Abschied leidenschaftlich geküsst, und es war uns herzlich egal, dass uns alle Welt dabei zugucken konnte. Mr Smart hat mich fest in den Arm genommen, Sonia musste ein bisschen weinen und auch mir sind die Tränen gekommen. Ich werde sie wohl erst in einigen

Wochen bei uns zu Hause wiedersehen. Meine neue Stiefschwester. Die schöne Ballerina, auf die ich mächtig stolz bin.

„Kommst du, Schatz?", sagt Mama. Sie will nur noch nach Hause, um sich aufs Ohr zu hauen. Auch ihre Nacht scheint ziemlich kurz gewesen zu sein.

„Ja-ha!", rufe ich und ziehe meinen Koffer hinter mir her. In Gedanken mache ich mir eine Liste, was heute noch alles zu tun ist:

1. Angelo schreiben
2. Franzi und Pauline simsen (vielleicht können wir uns am Nachmittag sehen?)
3. Mein Zimmer in Beschlag nehmen
4. Nick simsen und mich mit ihm verabreden
5. Koffer auspacken, Wäsche waschen
6. Einkaufen, endlich wieder Vollkornbrot
7. Ein Gericht aus meinem Rezeptheft kochen

Meine imaginäre Liste ist noch längst nicht fertig, als sich die Glastüren zur Ankunftshalle öffnen.

Und da stehen sie dann:

Pauline und Franzi.

Meine allerliebsten Freundinnen.

Franzi hat einen Blumenstrauß dabei und Pauline schwenkt ein selbst gemaltes Willkommensschild.

„Pauline! Franzi!" Ich überlasse Mama meinen Koffer und stürme auf die beiden zu.

Wow, ist das schön, sie an mich zu drücken, ihre Stimmen zu hören und Paulines neues Parfüm zu riechen, auch wenn es mich entfernt an Sonias süßlichen Erdbeerduft erinnert. Und erst jetzt, genau in dieser Sekunde, merke ich, wie sehr ich die beiden vermisst habe. Und dass ich sie genauso brauche wie Angelo, die Liebe und die Sache mit dem Knutschen.

„Erzähl, wie war's?"

„Hast du mit ihm geschlafen?"

„Du siehst so glücklich aus!"

„Und deine Haare! Menno, die sind ja ganz hell geworden!"

Bevor ich auch nur auf eine der Fragen antworten kann, kommt Mama angezuckelt, beide Koffer im Schlepptau, und begrüßt meine Freundinnen.

„Ihr seid ja herzig", sagt sie. „Extra zum Flughafen rausgefahren?"

Pauline fährt sich durch ihre ultralangen rotblonden Haare. „Mit Mama. Sie steht draußen im Halteverbot. Wenn ihr mögt, kommt doch erst mal mit zu uns. Sie hat Johannisbeerkuchen gebacken. Und Vanilleeis selbst gemacht. Und später wollen wir noch grillen. Es gibt Kartoffelsalat und Nudelsalat, Baguette und ..."

„Ihr wollt uns wohl mästen!", rufe ich.

„Also, ich bin dabei", sagt Mama. Und augenzwinkernd fügt sie hinzu: „In Italien gab es ja nichts Vernünftiges zu essen." Ich knuffe sie. Und dann nehme ich Franzi und Pauline wieder in den Arm. Weil es doch nichts Besseres gibt, als so großartige Freundinnen wie sie zu haben. Die einen bei trübem deutschen Sommerwetter vom Flughafen abholen und jeden Anflug von Traurigkeit mit der Aussicht auf Johannisbeerkuchen, Eis und einen Mädelsnachmittag vertreiben.

Mein Handy piept. Es ist Angelo.

Pomodoro, ich liebe dich!, lese ich.

Ich dich auch, Segelohr, schreibe ich zurück und mit einem Grinsen im Gesicht folge ich Mama und meinen Freundinnen nach draußen.

Matteos Pasta della Nonna

Zutaten für 4 Personen:

400–500 g Penne oder Farfalle

etwa 400 g reife Tomaten
(vorzugsweise regionale Kirsch- oder Strauchtomaten)

250 g Ricotta (ersatzweise Crème fraîche)

1–2 Knoblauchzehen

50 g ligurische Oliven
(ersatzweise Kalamata-Oliven oder andere schwarze Oliven;
die Menge kann nach Geschmack variiert werden.)

1 Bund Basilikum

Geriebener Parmesan nach Belieben

Olivenöl

Salz

Pfeffer

Zubereitung

Einen großen Topf Wasser aufsetzen und das Wasser zum Kochen bringen.

In der Zwischenzeit die Tomaten waschen, in kleine Stücke schneiden und in eine große Schüssel geben.

Die Knoblauchzehen auspressen und unter die Tomaten heben. Man kann den Knoblauch auch vorher leicht anrösten. In dem Fall nehme ich eine größere Menge Knoblauch.

Die Oliven entsteinen, klein schneiden und dazugeben.

Das Basilikum klein schneiden und dazugeben.

Den Ricotta vorsichtig mit den Tomaten, Oliven, dem Knoblauch und Basilikum vermengen, bis eine sämige Masse entsteht.

Mit Salz und Pfeffer würzen.

Die Pasta je nach Angabe auf der Packung al dente kochen.

Dann die Nudeln abgießen und mit der kalten Ricotta-Masse vermischen.

Die fertige Portion großzügig mit Parmesan bestreuen und mit ein paar Basilikumblättern dekorieren.

Die Pasta kann warm, lauwarm oder kalt gegessen werden.

Buon appetito!

Liebe geht durch den Magen

Susanne Fülscher
Pasta Mista
Band 1: Fünf Zutaten für die Liebe
320 Seiten
Klappenbroschur
ISBN 978-3-551-65025-2

Liv kann es kaum glauben: Überraschend steht der neue Freund ihrer Single-Mutter vor der Tür, der Italiener Roberto. Schlimm genug, dass Liv nichts von der Beziehung der beiden gewusst hat, Roberto hat auch noch seine 16-jährigen Zwillinge Angelo und Sonia im Schlepptau! Angelo ist ein echter Traumtyp, der Liv kolossal aus der Fassung bringt, seine bildschöne Schwester scheint eine echte Zicke zu sein. Aber immerhin verbindet Liv und Roberto die Leidenschaft fürs Kochen.

www.carlsen.de

Wünsch dir was! Sommer, Liebe, Freundinnengeflüster und eine märchenhafte App ...

Leni, 14, ist bis über beide Ohren in Nick verliebt. Dumm nur, dass der auf dünne Blondinen steht – und Leni zu gern Pizza mit extra viel Käse isst. Amelie, 14, ist verzweifelt: Ihre Eltern wollen sich scheiden lassen! Und Paula, 15, hat einen Traum: Schauspielerin werden! Alle drei hoffen auf ein Wunder. Oder auf die App „Sternschnuppengeflüster". Denn die macht ein unglaubliches Versprechen: „Bis zum Ende der Sommerferien werden all deine Wünsche in Erfüllung gehen ..."

Sophie Cramer
Sternschnuppengeflüster
288 Seiten
Gebunden
ISBN 978-3-551-65184-6

www.carlsen.de

„Pasta Mista" und weitere Carlsen-Bücher gibt es
überall im Buchhandel und auf www.carlsen.de

© 2018 Carlsen Verlag GmbH, Hamburg
In Zusammenarbeit mit der Michael Meller Literary Agency, München
Umschlag: formlabor
Lektorat: Susanne Schürmann
Satz: Pinkuin Satz und Datentechnik, Berlin
Herstellung: Constanze Hinz
Lithografie: Margit Dittes Media, Hamburg
ISBN 978-3-551-65026-9

Carlsen-Newsletter: Tolle Lesetipps kostenlos per E-Mail!